Collection S. Fischer

Nadja Einzmann

Da kann ich nicht nein sagen
Geschichten von der Liebe

S. Fischer

Collection S. Fischer
Herausgegeben von Jörg Bong
Band 105
Veröffentlicht im Fischer Taschenbuch Verlag GmbH,
Frankfurt am Main, September 2001
© 2001 S. Fischer Verlag GmbH, Frankfurt am Main
Typografie: Iris Farnschläder, Hamburg
gesetzt aus der Perpetua
Druck und Bindung: Clausen & Bosse, Leck
Printed in Germany 2001
ISBN 3-596-15280-1

Inhalt

Polnischer Mädchenreigen 9
Dostojewski, Gogol 14
Die Freundin meines Freundes 15
Da kann ich nicht nein sagen 18
Pam 19
Tod oder nicht Tod 29
1966. Als sie noch nicht und er dreizehn war 31
Ein wenig verwundert schon 33
Wie die Vögelchen 36
An einem Abend und fremd 37
leben 39
An manchen Tagen 41
Sie könnte Briefe schreiben 43
So bin ich und so ist sie 44
Hochzeiten 48
Jeremy 50
Meine Cousinen 51
Darum geht es doch gar nicht 53
Ungeschütztes Geplauder 54
Narzissen für über den Tag 57
Spiele 60
Schau: so! 61
Tage im März 64

Ein Hundeblick, so war er früher nicht *80*
Idyll I–VIII *83*
So ein Mond *87*
Auf ein Wort *91*
Und bringt es ins Gespräch *92*
An seiner Seite *93*
Etwas zu erzählen? *94*
Was er sieht *99*
Ein Abschied *100*
Es ist eines nicht wie das andre *102*
Zweimal war sie sich sicher *104*
Schwimmen *105*

Ein Mann und eine Frau *107*

Da kann ich nicht nein sagen

Geschichten von der Liebe

Polnischer Mädchenreigen

»Sonne, den ganzen Tag Sonne – und in der Nacht Mond. Jugendstilvillen, angegraut und kostbar. Wir leben sehr, sehr in diesen Tagen. Mädchen sind hier weitverbreitet und schön, aber die jungen Männer auch nicht zu verachten. Ich brauche mir keine Sorgen zu machen, hat er gesagt, weil – da sei doch Liebe zwischen ihm und mir. Wir gehen oft spazieren, Hand in Hand, und schauen.«

»Kann ich meinen Augen verbieten, sich nach fremden Hinterteilen zu drehen? Ich bin auch nur ein Mann.« Ihr schwindelte wütend, wenn sie seinen Blicken folgte, und sie folgte ihnen oft – gegen ihren Willen. Es schien nur Mädchen in Miedzyzdroje zu geben – in Miedzyzdroje an der polnischen Ostseeküste – Hunderte und Aberhunderte davon schlenderten, schlingerten, tanzten an ihnen vorbei mit kurzen, wippenden Röcken, mit enganliegenden Höschen, elfenhaft und langbeinig – und er schaute und schaute sich nie müde an ihnen. »Ich verstehe dich nicht! Die sind doch ganz ungefährlich für dich, wie sie da gehen. Sind doch keine Gefahr für dich, weil du meine Hauptfrau bist und einzige. Und außerdem, was wollen denn solche Mädchen von einem alten Mann wie mir, mir bleibt doch nur das Schauen!«

Selbst spät in der Nacht nahmen die Mütter ihre Töchter nicht von den Straßen, selbst in der Nacht flanierten sie kichernd an ihnen vorbei, in Grüppchen und einzeln. Ihr blieb jeder Bissen im Hals stecken, wenn eine von ihnen sich streckte und reckte vor seinen Augen, sie kannte ihn zu genau, auch wenn er sich zusammennahm seit einiger Zeit, um ihr den Spaß nicht zu verderben und weil sie es wohl einfach nicht begreifen konnte. Sie zeigte durchaus guten Willen, das mußte er zugeben. Doch gelegentlich sank sie auf eine Bank, zuckte mit den Wimpern, und er mußte sich bemühen, seinen Unwillen nicht zu zeigen. »Mein Gott, du bist doch keine alte Vettel, die es nötig hat, vor Eifersucht zu vergehen. Du bist doch auch jung mit festem, kleinen Hintern und Brüsten, wie ich sie liebe. Ich schaue *dich* an in ihnen.«

In immer kürzer werdenden Abständen saß sie alleine auf dem überdachten Platz mit den im Beton festgegossenen Tischen und Stühlen und verfaßte Briefe an manchen Mann, den sie kannte und der sie gerne näher gekannt hätte, um sich zu rächen und zu zeigen: Du bist nicht mein Alles. Da sind manche, denen ich ihr Alles wäre, wollte ich, und vielleicht will ich demnächst.

Morgens beim Plastiktassenkaffee vor einem der zahlreichen Kioske, las sie sich tief hinein in Bücher, um jede Nähe zwischen ihnen zu vermeiden, hielt Distanz, die ihm nicht recht war und über die er nörgelte, weil er alles wollte. »Zieh deine Nase nicht so kraus, das gibt häßliche Falten«, sagte er, um sie aufzuschrecken und herauszuholen aus ihrem Verstricktsein in irgendein Bändchen Weltliteratur oder auch nicht.

Mein liebstes kleines Schwesterchen, langsam beginnt ein wenig Bräune auf meiner Haut sich breitzumachen und meine Schuhe sind innen always sandig. Ich habe mich in den Kellner von so einer Kioskkneipe verschaut. Sehr charmant mit braunbraunen Augen. Tim ist schon ein wenig eifersüchtig. Tut ihm mal ganz gut.

Den letzten Satz strich sie wieder. Die noch an die große, weite Welt glaubte, brauchte nicht alles wissen. Konnte es nicht erwarten, aus der Schule zu kommen, weil dann die Freiheit käme *and great fun:* »Ich kann mir noch gar nicht vorstellen, einmal so dicht zu sein mit einem völlig fremden Menschen, den ich grade mal auf der Straße aufgelesen habe. Ich kann, glaube ich, nur dicht sein mit Menschen, mit denen ich aufgewachsen bin. Mit dir, mit der Familie eben.« *Sie* hatte einen Menschen gefunden, mit dem sie dicht sein konnte, und der pflückte ihr manchmal die Haut von der Seele so derart absichtslos.

Der Strand in Miedzyzdroje war weit und weiß, und man konnte sich ohne weiteres müde laufen an ihm. Er war belegt mit nackten Leibern, braungebrannten, mittelverbrannten und wenigen weißen. »Kaum Deutsche, da können wir wirklich froh sein.« Und auch sie war froh bisweilen, nur diese fremde Sprache zu hören, wo sie ging und stand. Die Gerüche waren tiefer und die Sonne gleißender. Alles schmerzte dichter.

Dear little sister, die Polen sind freundlich und offen. Wir erscheinen ihnen seltsam und sonderlich, aber sie mißgönnen uns ihr Land nicht, Gott sei Dank. Ich hoffe, daß nicht so bald Horden unseres unangenehmen, teutonischen Völkchens in ihrer Halbheit hier einfallen werden und den Menschen dies und das von den Gesichtern nehmen. Nur du, Kleines, könntest gelegentlich mal in diesem Land vorbeischauen. Es ist nicht grau, wie man denkt, und vom Sozialismus ge-

schwächt. Alles pulst und lebt und lacht und wächst. Mit mir könntest du reisen hierher, vielleicht demnächst. Laß uns die Diskotheken unsicher machen. Tim tanzt nicht — leider, leider nicht, und so alleine zwischen all den fremden Menschen fühle ich mich überfremdet. Mit dir wäre das anders.

Tim hatte entdeckt, daß die lange Reihe von Häusern, an denen sie auf dem Weg zu ihrer Unterkunft vorbei mußten, alles Schulheime waren, Ferienverschickungsheime. Das regte seine Phantasie mächtig an und auf. Er brabbelte von Sex in den Schlafsälen und von kindlichen Brüsten unter nachthemdener Baumwolle. Sie nickte und schaute bodenwärts. Nur selten sagte sie »laß mich«, und das hörte er nicht gerne. Was sie denn noch verlange von ihm, der doch alles für sie tat. Auch diese Reise, diese Reise hierher nach Polen. Oder gefällt es dir nicht, wollte er wissen mit herausforderndem Beleidigtsein in der Stimme. »Nein, nein, mir gefällt es hier sehr gut. Laß uns gehen, laß uns schlafen gehen.«

Sex dann noch im kitschigen Mondschein, und er wühlte ihr Haar durcheinander, und sie versuchte an nichts zu denken, und er dachte sich viel.

Sie war nicht eifersüchtig auf all die Heerscharen von Mädchen und Leibern en gros. Sie verspannte sich in dem Moment, in dem er *eine* sah, und sie sah, daß die Fremde dazu angetan war, ihn durcheinanderzubringen. Sie spürte seine Erregung in ihrem Unterleib, und dann zog Widerwillen in ihr auf und der Wunsch, Abstand zu gewinnen. Und unter den Rippen zerrten und zogen Kräfte nach links und rechts und quer durch die

Mitte, und – das Gefühl dauerte nach – längere Zeit noch. Dabei hielt er ihre Hand, und sie hielt seine. Und da war der Vertraute, Spaßige, Weichbelippte, und da der Jäger, muskelgespannt, dessen Willen zielgerichtet war und ungebrochen.

»Eigentlich solltest du Mitleid haben mit mir und all den andern armen, geilen Männern, die durch diese Knüppelgassen wandern und denen klar ist dabei, daß kein Rankommen sein wird. Ich danke Gott, daß ich nicht allein hier streunen muß. Du bist mein Wall. Darauf solltest du stolz sein.«

Meine Kleine, bald reisen wir ab aus Polen. Alle Karten sind geschrieben, alle T-Shirts getragen, und an den Füßen hat sich Hornhaut festgesetzt. Tim würde mit mir gerne noch über die Dörfer fahren, aber wir haben keine Zeit mehr. Die Uni beginnt bald, und er muß arbeiten. Über die Dörfer fahren wäre schön gewesen. Alles ist da noch so vorzeitig, und es wären nicht viele Menschen. Ich denke mir dort vor allem Runzelig-Wettergegerbtes, wie es Seelenbalsam ist für unruhige Gemüter.

Dostojewski, Gogol

Ja, so ein Russe ist eine feine Sache. Man denkt an Jessenin und Birkenwälder und die melancholische Weite der Tundra. Man liest seine Briefe und hört seine Stimme, zwischen den Zeilen ein sanftes Grollen, und lehnt sich im Sessel zurück, verträumt und tief in den Sessel hinein, bis hinten, ganz hinten am Horizont eine Sonne untergegangen ist.

Er macht gemeinsame Sache mit Dostojewski und Gogol, natürlich durchschaue ich ihn, und rührt an vergangene Zeiten. Er drängt mich an die Wand mit seiner Bildung, berichtet, erzählt und schweift ab, daß es ein Vergnügen ist. Zieht seine Worte links und rechts aus der Manteltasche und holt sie eines und das nächste aus dem pelzigen Schaft seines Stiefels und dann gräbt er in seiner Seele und gräbt für mich aus – noch eine Erschütterung und noch eine. Blaß bin ich vor Bewunderung und falte den Brief und lege ihn zur Seite als eine kostbare Angelegenheit und seufze gehörig, bevor ich mein Zimmer durchquere und den Flur und aus der Wohnung hinaustrete, um in die ersten Sterne zu sehen, meine wie seine.

Das ist es, was ich möchte, und nicht daß er mir irgendwann vor der Türe steht und hört mir nicht zu, weil er viel zuviel zu tun hat, mein Zimmer zu durchqueren und sich breitzumachen auf meinem Sofa, meinem einzigen zartfüßigen Sofa. Klein ist er und dick mit rotem Mündchen. Und seine Augen sind tatsächlich so blau.

Die Freundin meines Freundes

Daß mein Freund wieder eine Freundin hat, kann ich ihm nicht verdenken. Er war lange, zu lange allein. Hübsch ist sie, mit viel weißem Fleisch um die Hüften und auch die Schultern rund und weiß. Er hat sie mir nicht vorgestellt, sie saß einfach dabei auf einer Gartenparty, lachte, als hätte sie nie anderswo gesessen und mit anderen Leuten. Ich war etwas später gekommen, die Lichterketten über den Bäumen leuchteten schon rot, grün, blau und gelb, und es wurde kühl.

Ich unterhielt mich meist über den Tisch hinweg und musterte sie nur aus einem Augenwinkel: kein Mauerblümchen, sicher nicht. Wie sie die Hände in die Luft warf beim Erzählen oder die Finger in einem sanften Schwung nach außen drehte, gefiel sie mir durchaus. Ein graues Strickkleid trug sie aus glänzender Wolle, ein Kettenhemd, ein Schuppenkleid, jeden Fischer hätte sie damit aus seinem Boot und in die Fluten ziehen können. Wie es über ihre Rundungen fiel und zeigte, was es sollte, das war durchdacht.

Nicht ihretwegen war ich Richtung Buffet gegangen, sicher nicht, nur ein Stück kalter Pizza hatte ich mir holen wollen. Aber da stand sie, hatte den Kopf zur Seite geneigt und schaute so von unten herauf, einem schlaksigen jungen Mann in die begehrlichen Augen. Sie sagte kaum etwas, nichts Entgegenkommendes jedenfalls. Aber sie hörte zu, lachte und tänzelte hin und her auf ihren dünnstieligen, silbernen Riemchensandaletten.

Sie ist ein voller Erfolg, sagte mein Freund stolz, und war wenig aufmerksam, als ich ihm etwas erzählte. Es trockneten mir die Worte im Mund, und blaß war ich sicher und langnasig, wenn er so glücklich nach ihr ausspähte, einen Zipfel ihres Kleides zu erhaschen, ihre Hand weiß um ein Glas, oder ein wenig Bein. Sachlich kam ich mir vor, langweilig und kantig, als wäre ich in einer Küche besser aufgehoben oder im Büro, als gäbe es keinen Grund für mich, hier zu sein auf diesem sommernächtlichen Fest, auf dem die Lichter bunt ineinanderschwammen und Reden hin und her gingen, klug und glänzend. Wein verblutete in den Gläsern, Bier floß, und mal trieb die Strömung sie her zu uns und dann wieder fort. Immer hatte sie eine Hand im Haar, in ihrem unverschämt langen, lockigen Haar, und immer lachte sie, wie für ein Foto mit weit offenem Mund.

Sicher, auch *meine* Stimme war einmal nicht irgendeine für ihn. Und ich weiß noch gerade erst seine Hand auf meinem Arm. Aber unsere Gespräche waren mir lau gewesen, wie Waten in seichtem Wasser, keine Strömung, keine dunkleren Tiefen, und sein Mund zu wenig Lippe, als daß ich meinen darauf hätte legen mögen.

Jetzt tanzte er enger mit ihr, als mit mir je, und lagen nicht auch seine Arme brauner und muskulöser um ihre Hüften? Kaum einmal ein Blick zu mir hin, die ich alleine auf meinem Stuhl saß. Nach Tanzen war mir nicht zumute. Auch hätte ich meine Schritte nicht mehr so setzen können wie früher, als seine Augen noch auf mir ruhten, und er sollte es nicht sehen.

Ich zwinkerte den beiden zu, diese Kumpanei wird erwartet. Und führte Frauengespräche mit ihr, als sie sich zu mir setzten. Vorzuwerfen habe ich mir nichts. Ein glattes Ende. Und unsere Nähe war seine zu mir gewesen. Nur daß ich ihm zum Abschied: Sei vorsichtig, und Auf die kannst du nicht bauen, sagte, war unnötig und geschah nicht aus Sorge.

Da kann ich nicht nein sagen

Mein Liebster ist einer, auf den zu warten sich lohnt. Er mag mich, und das genügt mir. Da bin ich gerne sein Haus und sein Hof und prüfe das Dach und öle die Tür, tagein, tagaus, und warte. Es ist eine Nacht, in der er so zu mir kommen wird, übers Feld, und die Sterne werden dröhnen und der Mond pubbern und pulsen, meinem Liebsten zur Begrüßung. Noch lebt er unter anderem Himmel und forscht und strebt und leckt sich die Zungenspitze wund zwischen den Büchern, er hat es mir oft geschrieben. Da kann ich nicht nein sagen und beiseite treten und lasse ihn nicht vorbei: in einer anderen Stadt einer anderen Frau. Da kann ich nicht nein sagen. Und so einen Liebsten hätte ein jeder gern, und hat er ihn nicht, erträumt er ihn. Ich sehe zum Fenster hinaus und sehe ihn kommen, ein Schatten auf dem Weg. Und der Kies wird knirschen unter seinen Füßen, und meine Hand, gestützt auf die Fensterbank, wird schwer werden, meine wartende Hand.

Pam

Mein Gott, ja! Ich bin schuld. Ich habe sie eingeschleppt. Aber – sie hat mich benutzt. Ich war ihr Trojanisches Pferd.

Sie hat mir die schönsten Augen gemacht, dicht bewimpert und schwarz. In der Mensa hat sie sich wie selbstverständlich neben mich gesetzt: »Ich darf doch?«, und saß schon. Dabei kannten wir uns fast nicht. Gut, ich war ihr Tutor: Einführungsveranstaltungen ehrenamtlich. Ein wenig Verantwortung und etwas zu sagen nach all den Jahren und in einem Alter, in dem die meisten schon einen teuren Wagen und Geschäftsreisen rund um die Welt (ich ging mit Aktentasche). Sie sagte fast nichts und fiel mir nicht weiter auf dort. Außer daß sie flüsterte mit irgendwem ständig, vorrangig mit Jungs, die doch noch so unreif sind und schmächtig in diesem Alter. Keine Brustbehaarung außerdem. Ich bin jetzt beinah dreißig und war die längste Zeit an der Uni. Das ist mein letztes Jahr, wirklich und endgültig, und auch wenn ich nicht weiß, wohin danach. Ich habe die Schnauze voll. Aber das nur am Rande.

Seit zwei Jahren schon bin ich unbeweibt. Da wird man anfällig. Das läßt sich denken. Dabei hat sie einen leichten Ansatz zu Hasenzähnchen, ist klein, fast winzig, und hat einen Busen zum Übersehen beinahe. Aber man übersieht ihn nicht, geht gar nicht. Ich hab es versucht. Sie reckt ihn stets so – nun, so – na eben sexuell. Ganz bewußt und völlig unemanzipiert. Sie weiß, was sie will und wie man es erreicht am leichtesten. Eben mit diesem Wiegen in den Hüften, Cindy-Crawford-like, aber sexueller, mit diesem ... mehr Unterleib- als Hüftengewiege. Dabei sieht sie strenggenommen nicht mal gut aus, tut aber, als sähe sie gut aus, und da nimmt man es ihr ab und bildet sich sein eigenes Urteil erst, wenn es zu spät ist, oder gar nicht.

»Hey, wann machen wir mal was zusammen?« hat sie mich gefragt, während sie Pommes vertilgte – sinnlich mit Fett um den Mund. »Ich bin neu hier in Frankfurt und kenne noch niemanden und bin ganz wild auf Geselligkeit.« Eijei, hab ich mir gedacht, die hat doch was und wär was für mich, und ich habe noch nicht mal einen Finger krumm zu machen brauchen, das gibt's doch gar nicht. Und habe »Ja, gerne« gesagt und »Wann?«, und wir sind handelseinig geworden noch für denselben Abend.

Sie hat mir einen Kuß auf die Wangen geküßt und meinen Wagen bewundert, einen alten Buick, der Benzin schluckt wie. Aber ich brauche ihn für mein Selbstbewußtsein. Schließlich lichten sich meine Haare schon an den Schläfen. Und – man gönnt sich ja sonst nichts und kann auch nicht.

Im Kino haben wir uns in die Polster gelehnt mit Popcorn und allem. Wenn sie nicht gekaut hat, hat sie mit mir geflüstert und die Reihen vor uns mit Popcorn beworfen, unverschämt und albern. Ich dachte, »sie ist ja erst neunzehn und vom Land«, und lustig war es irgendwie schon. Ich wollte sie küssen, als sie ausstieg dann mit tiefem Ausschnitt, nachdem ein paar

Gläser Bier mich ermutigt hatten – auf den Mund selbstverständlich und nicht nur so flüchtig auf die Wange. Mein Gott, war ich geil und aufgedreht und hoffnungsvoll und ja, auch verliebt, glaube ich. Ich war so ausgehungert. »Hey, nicht so stürmisch«, hat sie gesagt, mir in sicherer Entfernung noch mal zugeflirtet und ist mit diesem kleinen, festen Po den Weg zum Haus hinaufgegangen. Sie wohnt bei ihrem Onkel, dem Bruder ihrer Mutter, und hat das Haus fast ständig für sich.

Am nächsten Tag habe ich sie angerufen. Ich machte auf cool, und sie zierte sich nicht: Schon am Abend. Da muß man sich ja Hoffnungen machen. Und ich, der ich so was nicht gewöhnt bin, schwebte auf Wolke sieben oder acht oder neun oder zehn. »Kennste nicht 'n paar nette Leute?« fragte sie mich an diesem zweiten Abend – in einem verschwiegenen Winkel mit Kerzenbeleuchtung, auf den ich gedrängt hatte. »Ich fühle mich so einsam. Ich kenne niemanden hier, das bin ich gar nicht gewöhnt. Ich bin ein geselliger Mensch – immer gewesen. In Lech kannte ich jeden und jeder kannte mich.« Begeistert war ich nicht, wollte ich ihr doch genug sein. Aber war zu eitel, sie nicht vorzeigen zu wollen. Dachte ich doch, sie sei mir sicher und nicht mehr auf der Suche. Wie ich nicht mehr auf der Suche war.

»Das ist Pam«, hab ich gesagt und »Seid nett zu ihr«, hinter ihrem Rücken. »Sie ist nicht so selbstsicher, wie sie tut. Sie kennt noch niemanden außer mir in Frankfurt und ist einsam.« Sie strahlte alle an, auch die Frauen, und plapperte drauflos in einer Geschwindigkeit. Man lächelte zerstreut von weiblicher Seite und beließ sie am Rande: »Warum nicht, sicher ganz nett.« »Ist sie deine Freundin?« »Noch nicht ganz, aber fast. Wir arbeiten daran.« Ich blähte mich vor Stolz und hätte am liebsten jeden gefragt: »Wie findet ihr sie, na, na?« Aber ich schwieg und legte ihr nur gelegentlich den Arm um die Schulter und hätte sie gerne in den Nacken geküßt, aber verbot es mir, weil so weit waren wir noch nicht und: »Du mußt ihr Zeit lassen, sie ist doch noch so jung.« Als Marc dann betrunken war und ihr an den Busen faßte und unter dem Tisch zwischen ihren Beinen spielte – sie tat, als bemerke sie es nicht –, sagte ich nichts und war stolz, daß er sie begehrte. Marc hat einen Blick für Frauen, und Caroline, seine Freundin, ist hübsch. »Er ist doch nur betrunken«, sagte ich der, sie zu trösten. »Morgen ist ihm wahrscheinlich alles furchtbar peinlich. Komm, wir tanzen ein bißchen.« Und ich führte sie weg, und sie war dankbar dafür und nahm meine Hand, was sie sonst nie tut. Ist sonst körperlich sehr auf Distanz.

Und dann zog Marc Pam auf die Tanzfläche, und sie hielt ihn im Gleichgewicht und dicht, und Reiner kreiste um die beiden und versorgte sie mit Anekdoten, meist Unerzählenswertes, nur um nicht nichts zu sagen und außen vor zu bleiben dadurch. Er balzt stets so ungeschickt. Wahrscheinlich weil er keine Übung hat und seine Freundin schon aus dem Sandkasten. Caroline entwand sich mir und rannte ins Klo, und Sandra folgte ihr und redete ihr gut zu, sie zu beruhigen und sich. Dabei hat Reiner sie gar nicht verdient, wie Marc Caroline nicht.

Aber Pam hätten alle verdient, und ich würde sie ihnen gönnen jetzt.

Jedem einzelnen, jedem einzelnen männlichen Wesen hat sie diese Augen gemacht: »Ich mach die Beine breit für dich und nur für dich. Wenn du willst sofort.« Ich sage das nicht, weil ich Frauenfeind bin, im Gegenteil. Ich erzähle nur, was war.

Doch wen sie eigentlich wollte, war Marc, nicht weil er besser aussieht und männlich auftritt – das hätte ich noch verzeihen können –, sondern weil er die richtigen Leute kennt und auch sonst nicht schlecht dasteht.

Reiner hat sich dann gefangen nach einiger Zeit, das Gebalze eingestellt, weil die Wirkung ausgeblieben war, und sich Sandra zugewandt, die schon grämlich in einer Ecke saß. Sie war so was nicht gewohnt. Caroline eher, weil Marc ist einer, auf den kann man nicht bauen. Doch zurück kommt er immer, er weiß, was er an ihr hat. Und wie sie sich später noch geküßt haben leidenschaftlich, Sandra und Reiner auf dem Balkon, als müßten sie irgendwem irgend etwas beweisen, und ich habe Reiner sagen hören beim Hinausgehen: »Besonders interessant ist sie ja nicht und noch ziemlich unreif. Gerade aus dem Ei gekrochen sozusagen.« Und Sandra hat gesagt: »Aber geil findest du sie schon?« »Ach, was! Nicht wirklich, im ersten Moment vielleicht.«

Irgendwann habe ich dann Caroline nach Hause gebracht, die sich das alles nicht mehr mit anschauen wollte und dachte, ich sei auch ziemlich down. Dabei fühlte ich mich noch wie die Made im Speck und räumte ihnen Zeit mit ihr ein – großmütig.

Pam selbst tat ja nichts, ließ nur tun, und ihre Blicke sah ich nicht, nur die in meine Richtung. Elegant wie ein Torero sprang sie mit uns um, und wir sprangen vorbei am roten Tuch und ihrem dünnen Hemdchen, näherten uns von hinten, und sie sah es rechtzeitig und lächelte und zwinkerte und wieder vorbei. Männer sind so dankbar, wenn einmal eine Frau auch nur ein Weniges an erotischem Interesse signalisiert. Passiert ja fast nicht. Man muß als Mann um die Unattraktivsten noch einen Tanz aufführen und dann ist doch nichts. Ist ja klar, daß das erotische Selbstbewußtsein da irgendwann auf der Strecke bleibt. Man ist so ausgehungert. Als ich zurückkam, war Marc stockblau und guckte nur noch. Pam saß in einer Ecke, Kopf auf den Knien, neben ihr Pierre, so alt wie sie oder höchstens ein Jahr älter und ohne jede Lebenserfahrung, unsicher und ungefährlich. Dabei sieht er noch nicht mal schlecht aus, Locken mahagonibraun und melancholisch bis zum Kinn. Aber – Frauen lieben es nicht, wenn Männer sich nicht ernst nehmen und sich nichts zutrauen. Wenn sie schon nicht, wer dann. Mal sehen, wann er sich auch aufbläst und mehr Glück hat damit. Pam erhob sich sofort und kam mit Lächeln auf mich zu: »Wo warst du denn?« und legte ihren Kopf an meine Brust. Sie roch nach Apfel durch den Qualm hindurch, und das ging mir nah. Ich fuhr sie nach Hause und nahm mich zusammen und küßte sie nur auf die Wange, um mich abzuheben von all den Marcs und Reiners. Ich glaubte, sie wüßte das zu schätzen. Dabei – was mich so wütend macht: Eine Nacht wenigstens – die hätte jeder haben können bei ihr, wenn er nur gedrängt hätte. Und hatten einige sicher, ich will es gar nicht so genau wissen, und damals brauchte sie mich noch als Eintrittskarte.

Ich war so *für* sie damals. Hätte sie warmgehalten und gern gehabt, nicht nur ihren Bauch und den Po. Ich hab ihr gerne übers Haar gestrichen und ihren Kindergeruch eingeatmet, damals in dieser Partynacht, bevor das mit dem Taxi passierte. Wir haben eng getanzt zu den unpassendsten Liedern. Ich glaube, sie wollte Marc damit provozieren, der ein Auge gerade auf eine andere geworfen hatte und zu der charmant war und für die wie Richard Gere aussah und eine Zigarette nach der anderen rauchte. Pam ist so eine, die raucht, weil es cool aussieht und erwachsen, und macht sich gerne die Lungen kaputt dafür und die Leber durch Alkoholisches, das sie schlecht verträgt, und trinkt doch, bis es ihr übel wird manchmal. Aber braucht das Blausein, weil sie dann stark ist und verrucht und endlich mit ihrer Lederhose, enganliegend, Schritt halten kann. So stark ist sie gar nicht, nicht wirklich, habe ich mir immer gesagt in der ersten Zeit und dann nicht mehr einige Zeit und jetzt wieder, seit ich Abstand halten kann gefühlsmäßig.

Claudia hat mich noch gefragt, wie ich auf dem Weg zum Klo war: »Na, hat's geklappt?« Und ich hab ein Victoryzeichen gemacht und gegrinst: »Was hattest du denn gedacht? Bin doch auch ne gute Partie.« Den Rest des Abends – es spielten vier Bands, und man konnte sich kaum unterhalten – hielt Pam sich fest an mir. Kam nicht so an, wie sie gehofft hatte, darum wohl und wollte nicht alleine dastehn und deshalb lieber mit mir. Ich hatte schon gewußt, daß es ein langer Abend werden würde, und war deshalb mit der S-Bahn gefahren, weil so ganz ohne Alkohol komm ich auch nicht in Stimmung. Und irgendwann fragt mich Pam – es war schon nach eins, und ihre und meine letzte Bahn waren längst abgefahren: »Du bist doch mit dem Wagen?« – »Ich hab getrunken. Ich dürfte gar nicht, selbst wenn ich wollte.« Und dann: »Was hältst du davon, ein Taxi zu nehmen? Bis zu dir ist es ja gar nicht so weit.« Es war nicht so, daß sie es nicht verstanden hätte. So leicht hätte sie sagen können: »Nee, du, das ist mir nicht so recht.« Wäre gar kein Thema gewesen. Aber wir *nehmen* ein Taxi. Sandra fährt mit, die wohnt nur ein weniges weiter. Und wir halten vor Pams Haus. Sie steigt aus. Ich will hinterher. Da sagt sie: »Wie? So war's nicht gedacht.« Ich sage: »Zu mir ist es doch zu weit«. Sie: »Das hättest du dir vorher überlegen sollen.« Schlägt die Autotür zu und geht mit diesem festen, kleinen Po zielstrebig zum Haus hinauf.

Ich schämte mich vor Sandra und tat, als sei nichts. Sie sagte: »Kannst bei mir übernachten, wenn du willst.« Aber mir war eh schon alles egal, und ich ließ mich für hundertzwanzig Mark nach Hause fahren. Danach hatte ich kapiert.

Wenn Pam mal nicht dabei ist, wird von ihr gesprochen. Ich bin auf seiten der Frauen, ohne daß ich viel sage, weil es ist zu peinlich für mich. Ich will keinen erinnern an nichts und halte lieber den Mund. Die anderen Männer haben sich die Finger nicht so verbrannt wie ich und sich mit dem Herzen nicht so weit vorgewagt und sind deshalb gerne bereit, manches zu verzeihen. Verletzlich sei sie und tief im Innern ganz weich, da müßte nur mal einer kommen und sie richtig in den Arm nehmen. Und es ihr besorgen, würden sie gerne sagen, aber trauen sich natürlich nicht, nicht mal vor sich selber, und sagen deshalb: und ihr Sicherheit geben und ihr eine starke Schulter leihen. Und schon geraten sie ins Schwärmen. Kürzlich habe ich Marc zu Reiner sagen hören: »Sie ist mit Sicherheit noch Jungfrau.« »Glaubst du? Mit neunzehn?« »Ich weiß es bestimmt. Immer wenn ich da nachforsche, ist sie mit einem Mal stumm und sagt nicht ja und sagt nicht nein. Rührend, wie sie uns Lebenserfahrung vorgaukelt und dann ... Jedenfalls denk mal darüber nach, könnte doch stimmen.« Reiner hat darauf glücklich gelächelt und sicher gern darüber nachgedacht.

Mir ist die Lust auf Pam völlig vergangen. Wenn ich nur ihren roten Haarschopf sehe, wird mir schon ganz übel. Geschweige denn ihr Lachen höre, als hätte sie Kreide gefressen und dabei so unreif. Nicht mal geschenkt wollte ich sie noch. Ich bin sicher, ich würde impotent vor lauter Ekel.

Ich bin mittlerweile der Mann, an den sich die Frauen halten, wenn wir abends beisammensitzen, und kosen mit mir und küssen mit mir und fahren mir unters Hemd rein freundschaftlich. Weil: Ich wisse Charakter bei Frauen zu schätzen und achte zumindest ein wenig auf Niveau. Das dankt man mir und bestraft durch mich, und die Männer bemerken es nicht mal.

Pam läßt sich nicht mehr viel blicken seit einiger Zeit. Fällt zumindest mir auf. Weil ich beobachte mehr und rede weniger.

Es wird Front gegen sie gemacht, und das spürt sie, und auch die Männer sind vorsichtig geworden ihr gegenüber – entgegen ihren lautstark vertretenen Einschätzungen. Sie wissen nicht mehr wohin mit den Augen, wenn sie da ist. Und Gespräche verkümmern vor der Zeit. Ich habe ihnen dieses Kuckucksei ins Nest gelegt und werde nicht froh dabei. Ob Marc mit ihr geschlafen hat? Reiner sicher nicht. Peter? Trau ich ihm nicht zu. Dieser ganze Wirbel um nichts oder fast nichts. Und Pam dadurch so armselig auch und bald vergessen hoffentlich.

Tod oder nicht Tod

Sie friert, in ihrem dünnen Pullover friert sie, und er bietet nicht an, sie zu wärmen. So gehen sie, über die Autobahnbrücke gehen sie, die Schloßstraße entlang gehen sie und biegen dann in die Schrebergärten ein. Er hat ganz vergessen, sie zu fragen. Ob sie verliebt ist in ihn, das vielleicht, oder warum sie ihn beherbergen wird heute nacht. Was für Männer und wie viele, das könnte er fragen. Ob sie Sex für eine außerordentliche Angelegenheit hält oder vielmehr für ein harmloses Vergnügen. Ob es einen Gott gibt, der über sie wacht, über sie beide, und ihnen eine Geschichte anpassen wird. Steck deine Hand in meinen Mantel, auch darüber würde sie sich freuen. Statt dessen gehen sie, er erzählt ihr nicht, woher er kommt, aus welchem Bett und wie seine Freundin schmeckt, und sie weiß nicht, warum er hier ist. Mit ihr zu reden? Worüber? Daß nach dem Tod kein Weiterleben sein wird? Dafür geht sie mit ihm doch nicht durch die Kälte. Tod oder nicht Tod. Was denkt er sich denn? Sie hat keine Zeit zu verschenken. Sie leiht ihm nicht ihr Ohr, weil er ein guter Erzähler ist oder ein großer Denker. Sie wartet darauf, daß er etwas zu ihr hin sagt: Ich will dein Mann im Mond sein oder dein einziger Geliebter. Ich möchte dir den Briefkasten vollschütten, ein Brief für jeden Kuß. Ich möchte deine Zehen in den Mund nehmen, deine Pobacken, eine in jede Hand. Ich möchte Musik hören und zu Freddy Mercury ein und aus gleiten in dir. Statt dessen gehen sie. Sie hält ihm ihre Hand hin. Und er nimmt sie und schwingt sie, als sei das alles keine ernste Angelegenheit.

1966.
Als sie noch nicht und er dreizehn war

Darf ich sagen, daß ich dich liebe? Besser nicht – wer hört das schon gerne – und müßtest dir Gedanken machen und fühltest dich in der Pflicht. Also bin ich dir nur gewogen, hebe mein Herz auf für dich, wer weiß, wann du es einmal brauchst.

Dieses Foto, auf dem du aussiehst, als würde niemals etwas aus dir werden: zerzaustes Haar und wild um den Mund. So einen hätte ich nicht aus den Augen gelassen, dich nicht. Mit dir hätte ich allerlei anstellen mögen damals schon, vielleicht um so mehr. So ein Junge, der sich verführen läßt – wie Honig schmeckt er und süß.

Deine Krawatte ist gebunden, als wolltest du sagen: Seht her! Und hast deine Stirn in erwachsene Falten gelegt. Aber mich kannst du nicht täuschen und keinen. Es war deine Zeit, wie diese meine ist. Und du wußtest, sie will bewältigt werden. So siehst du aus. Und das macht dich mir lieb. Als lägen Beatles-Lieder auf deinen Lippen und stünden dir ins Gesicht geschrieben. So etwas habe ich nicht und neide sie dir. Ein paar Erinnerungen habe ich, aber kein Lied.

An dich würde ich mich gerne erinnern und an einen Kuß, vielleicht daß du mir unters Hemd gefaßt hättest. Aber ich kannte dich nicht, nicht als ich dreizehn war, und wußte nicht, was mir fehlt. Es fehlte mir etwas, vielleicht du.

Jetzt kann ich nur an dich denken. Und daß ich von dir

schreibe, ist kein gutes Zeichen. Ich sollte mir in den Arm fallen und das Foto sollte ich verbrennen. Aber vielleicht, daß *du* an *mich* denkst, nur einmal kurz, wenn du das liest.

Ein wenig verwundert schon

Es hat sich nichts zugetragen, nie, in diesem Dorf, das sich Stadt nannte und nennt. Und es läßt sich nichts erzählen, weil sich nie etwas zugetragen hat. Ich verbrachte mein Leben auf Bänken in Pausenhöfen und zwischen einem Buch und dem nächsten. Wenn ich mich nicht im letzten Moment am eigenen Schopf aus der Eintönigkeit und Unausweichlichkeit gezogen hätte. Wer weiß. Erinnerst du dich noch an? Ich erinnere mich, als sei es ein anderes Leben gewesen. Nicht meines, auf keinen Fall meines. Lara und Anne, wie sie auf meinem Knie saßen, wie ich sie huckepack nahm, damals ich achtzehn und sie elf. Ich mit erwachsenen Schenkeln und sie zerbrechlich, zartgelenkig mit den jungen Augen kleiner Tiere. Sie waren so zweifach überdeutlich, so lebendig körperlich, und kein Gedanke kam ihnen in die Quere, und keine Angst. Hätte ich einen Blick auf mich werfen können immer und überall, wie sie das tun konnten immer und überall, ich wäre auch nicht gestolpert über das Sein und das Nichtsein. Ich hätte mich nicht auf die Lauer legen müssen vor meinem Denken, ich hätte mich nicht zusammenklauben müssen nach jedem Gefühl. Ich hätte mir geglaubt, daß ich meine Hand bin und mein Fuß, meine Wirbelsäule und meine Nasenflügel – und daß das gut ist und mehr nicht nötig. Als ich ging und entkam, waren sie zwölf, und ich hatte mein Leben vor mir. Ich oxidierte mit Tagen und Stunden und verbrauchte

Sauerstoff zum ersten Mal. Ich ließ mich küssen und gab nichts auf Treue. Ich bekam mich zu fassen und reichte mich herum. Keine Zeit für selbstgemachte Innerlichkeit, keine Zeit, zu denken an. Mein Dorf mochte bleiben wie es war, wenn ich mich nur ändern durfte und man mich ließ. Kaum Nachrichten drangen an mein Ohr. Telefon und Briefe. Aber alles weit weg. Und eine Umgehungsstraße ist doch keine Veränderung und eine neue Eisdiele nicht und nicht eine neue Brücke über die Pertz. Alles würde bleiben wie es war. Nur ich nicht. Denn ich war weggegangen und würde wiederkommen, und sie würden schon sehen. Von Lara und Anne hörte ich nicht viel in dieser Zeit und dachte selten an sie. Ich brauchte sie nicht mehr. Und sie – sie mich nicht. Na gut, das verletzte. Sie werden sich nicht verändert haben. Es war stets so viel Geburt an ihnen und kein Zahn der Zeit nagt an Zöpfen.

Als ich dann Einzug hielt irgendwann, war alles noch reichlich vertraut. Doch die Nachbarskinder waren aus dem Haus. Mancher verstorben, mancher aus der Stadt. Eine neue Generation hatte im Pausenhof Platz gegriffen, in den Fluß gespuckt und sich vor dem Kino verabredet. Und die beiden, als sie die Kneipe betraten am Abend ... mir wurde alt und grau zumute. Sie glichen sich noch immer. Wie denn auch nicht? Ihre Augen immer noch braun. Nur war da jetzt dieses Wiegen in den Hüften und ihr Ausschnitt machte viel her. Sie zwinkerten Männern zu und wußten Bescheid. Ich will nicht sagen, daß es mich traf, und schließlich war es zu erwarten. Aber mein Dorf hatte ich mir gerahmt und ins Gedächtnis gehängt. Und der dort geblieben war, hatte zu bleiben, wie er war. Man kann nicht gegen sein Gefühl. Ich fühlte mich verraten von Lara und verkauft von Anne. Sie waren mir über. Hatten sich so anstandslos und ohne Komplikationen gehäutet in meinem Dorf, in dem mir nichts möglich gewesen und nur die Flucht geblieben war. Ich gab mich weise und alt. Was blieb mir sonst. Ich machte von oben herab und fühlte mich entleibt. Ihre Körperlichkeit würde ich nicht wettmachen können mit meinem Auf-und-Davon. Ihr Da-Sein war mir nicht möglich, nicht dieses unbewußte Wippen in den Zehen.

Wie die Vögelchen

Sie schnäbeln wie die Vögelchen, ein hübsches Lärvchen das Mädchen, rotwangig und mit strohblondem Haar der Junge. Auf einer Bank sitzen sie in der Mitte des Platzes eng beieinander. Und um sie herum auf seinem silbernen Fahrrad fährt einer, nicht älter als sie, mit aknevernarbtem Gesicht, und schleudert sich aufs Possierlichste goldgelbe Trauben in den Mund, lacht, reißt ihn weit auf, diesen Mund, der groß ist und fast wie bei einem Clown: Da, schaut her, was ich kann! Und dann reckt er die Schultern gen Himmel, fährt Slalom, tänzelt auf dem Hinterrad, und steht. Und wenn sie nicht kosen die beiden, nicken sie ihm aufmunternd zu.

An einem Abend und fremd

Ich sitze auf den Stufen der Kirche, Walkman auf den Knien und strecke die nackten Beine ins Abendlicht. Joan Baez singt mir Folksongs ins Ohr, und auf einer Bühne, aufgebaut für den nächsten Tag, balgen und boxen kleine Jungen mit nackten Oberkörpern. Ein Ringrichter, etwas größer als die anderen und in weißem T-Shirt, trennt immer wieder die zu einem Knäuel verbissen am Boden Liegenden. Großes Geschrei dann, Jubel auch, manchmal wird ein Arm in die Luft gehalten, und von unten her klatschen kleine Mädchen in die Hände. Mir gegenüber und über den Platz, im Dachgauben, ein Mann; er hat sich ein Kissen aufs Fensterbrett gelegt, und seine aufgestützten Arme leuchten orange im Licht. Dunkelblondes Haar zu einem Zopf zurückgebunden, erinnert er mich an einen: nicht so muskelbepackt, nicht tätowiert, brav, mit weichen Gesichtszügen, und hat mich nie überzeugt. Jetzt aber – das Vertraute im Fremden und das Abendlicht ... Eine junge Frau erscheint, zart, lange braune Haare, und beugt sich über dem Mann aus dem Fenster, ihre Arme rechts und links seines Gesichts, Kopf über Kopf beobachten sie die spielenden Jungen, Abendstimmung in den Mienen. Junge Liebe, denke ich. Sonntags fahren sie mit dem Motorrad über die Dörfer und geben ein reizendes Paar ab in ihren Ledermonturen. Gelassen, selbstsicher und brauchen niemanden und nichts und sich auch nie jemals Sorgen machen über irgend etwas, nur diese zwei Zimmer im Dach, die jetzt verschattet daliegen. Lesen werden sie später noch oder schreiben, und dann einander in den Armen liegend einschlafen, ruhig und gedankenlos in den nächsten Tag.

Die junge Frau zieht sich ins Zimmer zurück, und er pfeift, pfeift kräftig auf zwei Fingern in Richtung des Gebalges und Boxgeschreis. Ein kleines Mädchen löst sich aus der Menge und gestikuliert bittend zum Fenster hinauf: Noch kurz? Er schüttelt den Kopf, und nach einigem Zögern und Trotzen winkt sie einem noch kleineren Mädchen, und beide trotten – nicht ohne manchmal zurückzuschauen – Richtung Haus. Da fällt mir auch das winzige grün-rote Fahrrad auf, das an der Hauswand lehnt. Meine Gedanken nehmen eine andere Richtung. Einen Abendbrottisch sehe ich vor mir: Tomaten, Radieschen und Milch in bauchigen, blaulackierten Tassen. *So* einen Vater, denke ich, so jung, so stark und kann auf zwei Fingern pfeifen.

leben

Und sie beteten für mich in ihrer Kirche; und sie beteten für sich für mich und hielten mir die Hände. Und ich war dankbar bis in die Haarspitzen und schämte mich rot. Ich roch nicht wie sie nach Bügeldampf und Vorabendserien. Ich roch nach Angst und Schweiß und fackelte meine Tage ab über ihnen in dem Zimmer unter dem Dach, das sie mir kostenlos vertraut hatten, des milden Lichts um ihre Schädel wegen, und sie entsetzten sich über den Brandgeruch. Ich war nutzlos und blühte nur mich verbrauchend für einige Zeit und war ein Dorn in ihrem Tag, denn ohne Werk, und konnte nichts dafür, wie sie nichts dafür konnten. Sie meinten es gut mit mir und setzten mir vor, was sie hatten. Kartoffeln und Reis und jeden Tag Gemüse. Sie schabten Karotten für mich und schälten mir Äpfel, sie bürsteten Schuhe und brühten mir Tee auf. Es ging kein Wind in diesem Haus, und ich wuchs daran. Dafür muß ich ihnen dankbar sein und werde. – Und daß sie ihr Innen nicht nach außen trugen und kein Seelenspeichel aus ihren Münder troff und Augen und Hände verklebte. Dann diese unvergleichlichen Tage mit Morgen, Mittag und Abend. Radieschen zum Abendbrot und für jeden eine Tomate. Rotes Kunststofflicht und warm.

Ich verbrauchte sie und ihre gute Miene noch nicht in der ersten Zeit. Sie sahen mir an, daß ich Tage gekannt hatte und noch kannte, die. Ich war ein Schatten und ohne Wind in den Segeln. Man konnte mich betten und für mich beten, und ich hatte es verdient – noch. So gaben sie mich weiter von Freund zu Freund und ebneten mir Wege. Gemütlichkeit mit Canasta und Rommé. Ein Vorgärtchenleben für einige Zeit.

Dann später, als meine Wangen sich röteten, meine Herzschläge sich häuften, wurde es schwerer für sie. Sie sahen mich Tage verbrauchen, als äße ich Gebäck; sie sahen mich Freundschaften schließen Hals über Kopf und ohne Wert. Sie sahen mich gehen mit Schwung in den Hüften, als ginge ich leicht. Und ahnten ein Leben.

Da stellten sie ihre Liebe ein und gaben mir Zeichen zu gehen. Ich verstand nicht und lächelte noch und bot meine Dienste an dankbar. Ich rupfte Unkraut und spülte Geschirr. Nichts half. Sie fürchteten mich. So ging ich und wurde gegangen. Wir verstanden uns auseinander und gut so. Ich fand meinen Weg und finde auch manchmal zurück mit fröhlichen Blumensträußen. Dann sitzen wir auf der Terrasse, Markise rot-weiß gestreift. Kaffee wird gereicht. Sagen läßt sich wenig.

An manchen Tagen

An manchen Tagen warte ich, daß etwas passiert. Auf einen Anruf; daß das Haus einstürzt; oder der Arzt mir sagt, daß ich nur noch wenige Wochen zu leben habe. Ich sitze im Bett und warte, und meine Mutter klopft an die Türe. Zu berichten hat sie nichts. Sei so gut, sagt sie, bring den Müll hinunter, oder: Wie wäre es mit einem Spaziergang, es ist ein wunderbarer Tag, sonnig, und die Spatzen pfeifen es von allen Dächern. Nein, rufe ich ihr zu, durch die geschlossene Tür, mir ist nicht danach, mir ist nicht nach Welt. Und ich sitze im Bett, der Himmel schaut blau durch mein Fenster oder umwölkt sich, oder ein Gewitter zieht auf. Mein Bett ist mein Schiff, mein Bett ist mein Floß, ich treibe dahin, Haie und andere Meerestiere unter mir und Sterne und Himmel über mir.

Was soll ich unternehmen mit dir, sagt meine Mutter, und stellt mir das Abendessen vor die Tür. Keines meiner Kinder, *keines* meiner Kinder, alle sind sie normal und gehen zur Arbeit, gehen morgens aus dem Haus und kehren abends zurück, nur du nicht. Was soll nur werden mit dir?

Es gab Zeiten, da ich anders war, solche Zeiten hat es gegeben. Ausgesprochen lebhaft war ich. Keine Aufgabe war sicher vor mir, und dann noch zum bloßen Zeitvertreib zeichnete ich und voltigierte und focht und tanzte die Nächte durch. Meine

Geschwister sahen müde aus, wenn sie von der Arbeit kamen. Sie hatten sich das Weiß in ihren Augen blutig gesehen über den Tag, und auch ihre Hände waren wund und schmerzten. Mir sah man keine Mühen an. Nie. Ich schwebte über den Boden, wo andere gingen, und daß ich mich bückte, kam nur sehr selten vor. Ja, es hat Zeiten gegeben, da ich anders war, und ich trauere ihnen nicht nach. Packt eure Herzen in Alufolie, daß sie geschützt sind, wenn ihr aus dem Haus geht, und reicht sie nicht frei herum!

Es hat Zeiten gegeben, da ich anders war, und meine Mutter trauert ihnen nach. Kind, sagt sie, willst du nicht aufstehen, daß dein Vater mit dir fischen gehen kann und deine Geschwister dir berichten von ihrem Tag? Nein, sage ich, mir ist nicht nach Welt. In meinem Bett sitze ich, das mein Floß ist, und der Seegang ist hoch. Salziger Wind fährt mir durchs Haar und die Wellen überschlagen sich.

Sie könnte Briefe schreiben

Kein quicklebendiger Tag. Ein braves Hüsteln aus dem Nebenzimmer und langsam senkt sich die Dämmerung. Die Füße hochlegen auf dem Sofa ist kein Trost. Und Fernsehen nicht.

Kein Wind um die Nase und keine Lampe ins Fenster zu stellen. Und für das bißchen Mond über den Dächern kann sie sich nichts kaufen. Sie könnte Briefe schreiben, ja, das könnte sie, auf daß eine Antwort sie erreiche. Und tritt sich die Füße breit auf demselben Weg, winters wie sommers demselben Weg, und grüßt, hierhin und dorthin.

Ein Hüsteln aus dem Nebenzimmer, und sie greift sich die karierte Decke, bläst sich die Finger warm, und manchmal ist ein Lied dabei für sie oder eine Zeile, die ihr gefällt.

So bin ich und so ist sie

Natürlich war es meine Mutter, wie es immer die Mütter sind mit ihrer kaum zu brauchenden Liebe. Und was ist das für eine Liebe, die auf Besitz pocht? Bin ich ein Hündchen und springe nach jedem Knochen und lerne das Schwanzwedeln schon von Geburt? Was leiht sie mir ihren Bauch her? Ich hätte wachsen mögen, wie und wo es mir beliebte. Ich bin kein Mann. Ich war ein Junge. So gesehen hätte sie recht haben können und mich erziehen als ihre Rippe, und ich hätte fein werden können und eine gepflegte Seele. Und trage ihren Mund in meinem Gesicht und spreche, ja, spreche wie sie, daß ich mich nicht herausreißen kann aus mir. Und ich sehe ihr entgegen aus jedem spiegelnden Fenster, und von Sonne beschienen durchstreife ich Stadt um Stadt. Ich bin ohne Ort, wie sie es gewünscht hat, ein Junge geblieben und war ihr eine Frau. Meine Lippen weich und spröde. Mein Haar glänzt und vergoldet den Tag.

Der Mann meiner Mutter ist gefallen in einem der Kriege, vielleicht in dem des Lebens, wir haben keine Erinnerung an ihn. Er trägt einen rot-blauen Ball in seiner übergroßen Hand und reicht ihn mir herüber, immerzu reicht er ihn mir herüber, nur das, und ich spiele. Du, sage ich meiner Mutter in diesen Augenblicken, hast ein Bilderverbot durchgesetzt, und es fehlt etwas in jedem unserer Zimmer, daß aus mir nicht werden konnte, was werden wollte. Und ich springe gegen die Wände. Und durch die geöffneten Fenster und weiten Türen pfeift der Wind von der Straße.

Streng und gut, so wollte meine Mutter sein. Mit gepflegter Hand am Klavier und daß ich auf ihren Knien den Weihnachtsbaum bestaunt hätte, in die einsamen Lichter gestaunt mit immer denselben Kinderaugen. Angeklagt und in mein Zimmer geschlossen, das war es, was davon blieb. Und daß sie seufzte vor meiner Türe und weinte und pochte auf meine Schuld. Hohe Absätze auf Parkett. So verliert man die Frauen aus dem Blick. Ich habe es mit Männern versucht, die mich fest anfaßten und mit rauhen Händen. Eine Ehrlichkeit und Wahrheit, die mir ins Herz schnitt. Meine Muskeln habe ich gestählt und Streit angefangen in jeder freien Minute ohne Ansehen von Größe und Statur. Was sollte ich Angst haben? Ich habe im Straßengraben geschlafen grundlos, keine Nacht war mir kalt genug.

Ihre Lippen haben mir schmal diesen dünnen Rauchfaden Seele durchtrennt. Wut und Verzweiflung und daß ich aus meiner Haut hätte schlüpfen mögen. So ist das, wenn zuviel Blut durch die Adern rinnt und das Gesicht bleich bleiben muß und wächsern.

Meiner ersten Freundin hat sie Grimassen geschnitten hinter meinem Rücken. Ich brachte sie nicht mehr mit nach Hause, sie auszustellen in unserm Wohnzimmer wie einen silbernen Pokal. Ich liebte sie unter heimlichen Gebüschen und im klammen, feuchten Gras, daß sie bald von mir abfiel und sich anderen zuwandte.

Meine Mutter saß, wenn ich nach Hause kam, in ihrem Sessel, ihr breites, weißes Gesicht mir zugekehrt. Und es fiel ein Licht auf sie vom Fenster her. Sie so zu sehen – ich schämte mich für sie. Scham und ihre Liebe, und daß ich nachts meine Tür verschlossen hielt.

Der Mann meiner Mutter ist Maurer gewesen. Er mauerte Häuser und Stockwerke, zweite und dritte. Bar auf die Hand, daß uns wenig blieb, auch keine Rente, als er von uns gegangen war. Woher, sagt meine Mutter, hätte sie das Geld nehmen sollen, Haarspangen zu kaufen, sommerliche Kleider und elegante Schuhe, um sich anzubieten auf dem Markt. So verblieb sie als eine schlechtverbrauchte Frau in unserem Haus, das der Maurer, der mein Vater war, gemauert hatte, bevor er ging. Ich trage die Züge meines Vaters im Gesicht, sagt sie ein um das andere Mal und verbirgt die Augen unter ihrer Hand. So, sage ich und reiße ihr die Hand fort, so bin ich und nicht anders. Und mein Vater war und ist gewesen.

Manchmal treten wir auf die Straße, und sie hält meinen Arm fest in ihrer Armbeuge verspannt und geht als eine Frau mit aufrechtem Nacken. Und ich sehe, wie sie will, daß ich sie sehe. Meine Finger rühren im Ungewissen und kommen nicht frei.

Ein Unhold bin ich, und sie schreit es mir ins Gesicht, wenn ich ihr Haus stürme nach langer Zeit und schlafe wieder in dem Zimmer unter dem Dach, die Flugzeuge noch an dünnen Fäden von der Decke. Meine Füße ragen über das Bett hinaus und stecken in schweren Schuhen.

Sie zu verlassen wird mir nicht gelingen. Ihr Parfüm, blumig und schwer, hat Konjunktur in dieser Zeit und weht um viele Frauen. Und so mache ich mir einen Scherz aus ihr und trete die Türe ein, wenn ich betrunken nach Hause komme. Und fahre ihr unbedacht über die Wange, der sanfte Flaum macht mich zittern und schwanken, und sie soll es nicht für Liebe halten. So bin ich und so ist sie, und wir haben keine Aussicht auf irgend etwas.

Hochzeiten

Vermutlich war es, weil ich meine Schwester immer bewundert habe: Einmal in ihrer Haut stecken, in dieser rosigweichen Haut, ich hätte alles dafür gegeben. Und ihr Lächeln lächeln: diese Grübchen und die Augen zu kleinen, glücklichen Schlitzen.

»Wir werden heiraten!« hatte sie zu mir gesagt und ihrem Liebsten fest die Hand gedrückt. »Freust du dich für mich?«

»Natürlich«, habe ich gesagt, sie umarmt, ging auf mein Zimmer und weinte die ganze Nacht. Es würde eine Hochzeit werden aus Zuckerguß. Rote Herzballone würden in den Himmel fliegen, es würde vielstöckigen Erdbeerkuchen geben, zierlich sahneweiß umrankt.

Und als das AveMaria von der Empore erklang, weinte ich mit allen, und als sie sich ihr Jawort gaben, wurden meine Schluchzer vom A und O der Menge überraunt.

Ich habe ihn nie gemocht, diese viel zu blauen Augen und Engelslöckchen bis zum Kinn. Und sein Lächeln immer an mir vorbei ins Leere. Aber den Schleier hätte ich mir aus dem Gesicht streichen mögen vor dem Altar und ihm meinen Mund reichen. Ich hätte mich ihm entgegenrecken mögen zart und klein auf weißen Stöckelschuhen.

Es hätte ein schöner Abend werden können. Die Braut tanzte Samba im weißen Kleid, und jeder machte jedes Spielchen mit. Mir war nicht danach. Ich saß in einer Ecke, trank Pfefferminztee und gab acht, daß mir keiner zu nahe kam.

Ich weiß nicht mehr, wann ich zu Wein übergegangen bin, wann zu Schnaps. Nur noch, daß mir irgendwann einer in die rotgeweinten Augen sah, mir die Hand hielt. Neben ihm erwachte ich am nächsten Morgen, er brachte mir Kaffee ans Bett und strich mir Marmelade aufs Brötchen.

Hätte er nicht ja gesagt, es wäre nichts geschehen. Ich hätte weiter in meinem Kämmerchen unter dem Dach leben und nur mit Tauben und anderem Gefieder Umgang halten können. Ich hätte zurückgefunden zu meinem friedlichen Leben ohne Spiegel und in weiten Pyjamas. Aber er sagte ja und nahm meine Hand und drückte sie fest. Er strich mir das Haar aus dem Gesicht und küßte mich. Und da blieb mir nichts übrig. Und obwohl ich es nicht wollte. Ich sagte zu meiner Schwester: »Ich werde heiraten! Freust du dich für mich?« Da fiel sie mir um den Hals und begann mit mir die Einzelheiten zu besprechen. Rote Herzballone sollten in den Himmel fliegen. Und eine Kutsche, ja, vielleicht eine Kutsche. Ich war müde, als ich von ihr ging. Und legte mich sofort schlafen. An die Hochzeit erinnere ich mich nicht. Ich erwachte und war verheiratet. Er ist nicht der Schlechteste. Er putzt mir die Schuhe und kocht. Es macht Spaß, mit ihm das Bett zu teilen. Aber die Hochzeit fehlt, mir ist als wäre keine gewesen.

Jeremy

Er ist kein Mann von besonderen Gaben, und natürlich ist ihr das bewußt. Er schlägt die Beine übereinander, wenn er in Gesellschaft ist, und betastet verlegen seine Knie. Er setzt sich, lang wie er ist, auf das zierlichste Sofa, und aus dem Schatten einer Zimmerpalme heraus wirft er dunkle Mäuseblicke in den Raum. Auch taugt er nicht zur Unterhaltung und gibt sich Mühe immer mit dem falschen Wort. Ruhig, muß sie ihm sagen, wenn er auf der ausgebleichten Seide der Polsterung hin und her rutscht, nur ruhig. Er hat feines, braunes Haar und sein Bartwuchs ist wenig ausgeprägt. Er ist rührend, sagen ihre Freundinnen, und mit ihm bist du auf der sicheren Seite. Und tatsächlich kommt es vor, daß sie weint auf dem Nachhauseweg, und dann tröstet er sie und hält ungeschickt ihre Hand.

Meine Cousinen

Mit meinem Geliebten kann ich mich nicht sehen lassen. Ja, sagen beide, und das tut mir weh. Er ist zu lang und hat keine breiten Schultern. Er lacht zu laut, er röhrt, daß Leute sich umdrehn nach ihm und schütteln die Köpfe. So viel Mißbilligung, aber ich halte sie aus. Und daß er feuchte Hände hat und empfindliche rote Haut und daß ich auf einen Stuhl steigen muß, um ihm allen Ernstes in die Augen zu sehen, all das. Ich würde ihn nicht eintauschen wollen, gegen keinen.

Und wenn sie an mir vorbeiflanieren die gutaussehenden Männer, schmalhüftig und weichlippig, ich schau ihnen nicht in die Augen. Ich greife mir die Hand meines Geliebten und presse sie sehr fest.

Wißt ihr, sage ich meinen Cousinen, während unsere Gabeln in den Kuchen fahren: Ich habe auch einmal geglaubt natürlich, daß weiße Zähne und ein schiefes, sexy Lächeln die halbe Miete seien und der Weg zum Glück. Ja, das habe ich geglaubt. Und was hatte ich davon? Von den Schönen, den Charmanten, den Klugen, den Gutgekleideten? Alle habe ich sie unter meine Decke gelassen, ihnen ein warmes Plätzchen bereitet an meiner Seite. Zugehört habe ich ihnen und große, bewundernde Augen gemacht. Sie fühlten sich verstanden von mir, und daß sie im Bett rauchen durften, hat sie gefreut. Sie kamen gerne wieder. Aber daß einer sich mit meinem Bauchnabel befaßt hätte in all der Zeit, oder mit der zarten Haut meiner Kniekehlen ... Sanft ist er, mein Geliebter, ihr glaubt nicht, wie sanft er ist. Er atmet in die Härchen zwischen meinen Beinen, bis sie sich vor Vergnügen kringeln. Er zaubert zwischen meinen Zehen. Und wenn wir beieinanderliegen in unserem Himmelbett, lacht er nur sehr leise. Du, sagt er, ach, du.

Ja, es kommt vor, daß wir in Gesellschaft sind und ich an anderes denke. Ganz unruhig wird mir dann, und ich fasse unter dem Tisch nach seinem Knie. Ich drücke mich an ihn, so dicht es geht, wenn wir durch die Straßen laufen, und er muß mir den Arm um die Taille legen. Ja, so ist es, sage ich meinen Cousinen, und jetzt muß ich nach Hause.

Darum geht es doch gar nicht

Darum geht es doch gar nicht. Er ist eine Entdeckung. Und wie das Glück mit Fingern nicht zu greifen. Ein Himmel über ihnen und Sterne, daß sie ins Gespräch kamen. Dazu war die Nacht da. Und nichts ist zu sagen über seine Haut oder sein Lächeln als ein schwaches, weißes Leuchten in der Dunkelheit, wenn sie sich so oder anders bewegte.

Ungeschütztes Geplauder

Habe ich Liebe gesagt? Sehnsucht meinte ich. Als wäre ein Vakuum dort, wo sonst das Herz ist, und zieht ein Saugen nach sich, ein Seufzen. Oh, wie ich mich sehne. Ja, manchmal sehne ich mich sehr.

Wann kommst du? Schläfst du gut, ißt du gut, macht dir manches Freude? Es würde mir schwerer fallen, an dich zu denken, wenn ich von Rändern unter deinen Augen wüßte und wenn du krumm gingest, gebeugt von zu viel Leben. Ich will dich fröhlich, mit leuchtenden Augen, die Wangen rot und einen Mund voll einwandfreier Zähne. Wir beide. Ein hübsches Paar geben wir ab. Und halten uns an den Händen. Denkst du manchmal an meine Hand in deiner, denkst du manchmal daran?

Daß du so wenig sprichst, nur das macht mir Sorgen. Hast du etwas zu verbergen, bin ich nicht gut genug für dich? Sicher, meine Haare sind nicht so schön und meine Hüften ein wenig breit. Aber sonst – man hatte wenig an mir auszusetzen bisher. Und daß ich einen Leberfleck habe links unter dem Kinn und sehr schwarz, hat nie einen gestört, und hättest du etwas gesagt, ich wäre sofort zum Arzt gelaufen, daß er ihn mir wegmacht für dich. Denn ich will schön sein für dich. Für keinen anderen. Und wenn du sagtest, die Nase gefällt dir nicht, auch das würde ich tun für dich und sie wegoperieren lassen noch in derselben Nacht.

Ruf mich an – ruf mich nicht an. Beides macht mich traurig. Deine Stimme durch die Leitung oft so karg und bröckelt mir weg, daß ich wenig in der Hand habe danach und möchte nur noch das Gesicht in die Kissen graben. Aber wenn du nicht anrufst, denke ich, daß du mich vergessen hast. Nur eine unter vielen, denke ich mir dann, und meine Augen weiß er schon nicht mehr.

Wenn du hier wärest, das wäre etwas anderes und würdest mir über die Hüften streichen, mir zwischen die Beine fassen, daß ich spüren würde, du magst das. Eine Nacht würde ich dir bereiten – aber sprechen wir nicht von Nächten. Sprechen wir von dir und mir. Wann kommst du? Habe ich das schon einmal gefragt? Kann sein, kann gut sein. Manchmal stelle ich mir diese Frage und möchte deine Arme um meine Taille spüren. Sie sind nicht stark, deine Arme, und weiß. Weiß wie Mehl oder licht wie der Mond. Wären sie die Arme eines anderen, ich würde sie nicht einmal ansehen, ich würde mit Sicherheit dorthin sehen und da, nur nicht auf diese Arme. Und Beine hast du, und Hände und einen Nabel, weiches, sehr weiches braunes Haar. So bist du. Und alles ist gut so. Wäre etwas anders – deine Lippen vielleicht, ich würde es sofort bemerken. Und würde dich fragen: Was ist mit deinen Lippen geschehen? – Nichts würdest du sagen, gar nichts, meine Liebe. Aber ich würde dir nicht glauben.

Klein ist deine Oberlippe, zwei freche, kleine Spitzen, die einfach enden rechts und links und nicht sanft auslaufen wie all die anderen. Die Unterlippe so rosig und weich und weit, daß ich daumennagelgroß sein und mich auf ihr zur Ruhe betten möchte.

Narzissen für über den Tag

So, sagt sie sich, das war es, ein für allemal war es das. Sie hat lange genug auf seinen Beistand gewartet und auf ein entgegenkommendes Wort. Auch sie hat Gefühle und Gedanken, die mitgeteilt sein wollen. Aber davon will er nichts wissen. Sie hat ihm lange genug zärtlich geschrieben, als sei er diese Investition wert, und in den Umschlag gepackt, was ihr unter die Finger kam: einen Grashalm, der sich in ihrem Schuh fand, nach dem Nachmittag in den Wiesen; eine Skizze, sie könne nicht gut zeichnen, aber: wisse er, was gemeint sei?

Narzissen hat sie ihm geschickt, die Knospen noch geschlossen und unscheinbar in einer Papprolle, daß sie aufblühen für ihn über Nacht, weil, es wird eine harte Woche. Sicher, sie hätte sich kühler zeigen sollen, und nicht, als hätte sie ihn nötig. Sich rar machen, nicht immer nicken und nicken zu jedem Vorschlag und als hätte sie reichlich Zeit. Ob er sich freue, wenn etwas ankomme von ihr, hat sie ihn gefragt. Natürlich freue er sich – immer, und wenn sie täglich schriebe, auch dann würde er sich freuen und freuen. Nur bliebe ihm nicht viel Zeit zurückzuschreiben, das wisse sie ja.

Er ist vergeßlich. Was sie ihm erzählt über sich, weiß er die Woche darauf nicht mehr. Und er bringt ihr Erdbeeren mit an einem Abend und ist sehr stolz darauf und weiß nicht mehr, daß sie dagegen allergisch ist. Dabei hat sie ihm die Geschichte erzählt, als sie fünfzehn war und Erdbeeren aß, bei ihrem ersten Rendezvous, und dann war ihr die Zunge ganz pelzig und wund und das Küssen war eine Qual. Das hat sie ihm erzählt, als sie beisammenlagen, und er hielt sie um die Taille gefaßt und lachte, und jetzt bringt er ihr Erdbeeren mit und weiß es nicht mehr. Auch hat er vergessen, daß ihr der Schweiß ausbricht, wenn sie länger als drei Stunden im Theater sitzen muß und das Bühnenlicht so weiß ist, daß die Gesichter der Schauspieler bleich sind und wie tot. Er hat Theaterkarten dabei und ist ratlos, als sie sich nicht freut, und steht da mit hängenden Armen. Er kann nichts dafür, sie versteht das. Er hat eine Familie zu versorgen und einen Beruf, der ihn auffrißt, er schläft keine Nacht mehr als fünf Stunden, und sein Sohn kriegt Zähne, und seine Frau will, daß er nach ihm schaut. Sie sieht die Ringe unter seinen Augen, und wenn er lacht, ist es ein trauriges Lachen. Auch er will etwas abhaben vom Leben, wenigstens etwas, und dafür hat er sie. Sie ist warm und zahm, und sehr, sehr verliebt. Daß er sie nicht liebt, weiß sie, aber wenigstens tut es ihm leid, und manchmal ist er zaghaft am Telefon und schuldbewußt, daß sie ihn umarmen möchte.

Das ist kein Leben, nicht für eine Frau wie sie, und heute hat sie es ihm gesagt. Sie geht die Straße entlang, die Sonne scheint. Eine Telefonzelle kommt in Sicht, und sie geht vorbei. Was wird er tun ohne sie? Leer wird sein Leben sein und voll von Menschen, denen er nichts bedeutet. Wird er auf sich achtgeben, wenn keiner mehr nach ihm sieht? Mager war er immer, und seine Anzüge flatterten ihm um die Hüften. Und traurige Augen hatte er.

Er wird sich eine andere suchen. Nicht daran denken! – Sie geht schneller. – Ja, das wird er.

Spiele

Ich trage mein Herz auf der Zungenspitze: Da, kommt und fangt es! sage ich und balanciere es hoch in der Luft. Es glänzt und schwitzt im grellen Sonnenlicht. Ein lustiges Spiel und erfreut Frauen und Männer gleichermaßen. Sie legen die Köpfe in den Nacken und wetzen die Lippen, sie streichen die Röcke glatt und die Bundfalten ihrer Hosen. Und dann spielen wir Ball mit meinem Herzen, daß es Purzelbäume schlägt in der Luft.

Schau: so!

Na gut, sie konnte es nicht beweisen. Noch nicht. Wenn sie ihn herbeirief: Da schau!, sah er nie etwas oder wollte nicht sehen. Aber manchmal im Gegenlicht oder wenn sie die Beine auf eine ganz bestimmte Art übereinanderlegte – Unebenheiten, wenn nicht gar Dellen. Hätte man es ihr prophezeit vor ein paar Monaten noch, sie hätte gelacht: Mir doch nicht. Aber nun – es gab keinen Zweifel – ihre Haut, die fest gewesen war und jung, weich jetzt und unelastisch.

Sie würde Sport treiben müssen, Massagen vielleicht und Cremes. Sie würde ihre Ernährung umstellen und nie mehr Rolltreppe fahren. Aber, was auch immer sie tat, die Zeit der Leichtigkeit war vorbei. Sie konnte nicht anders, selbst wenn er ihr Vorhaltungen machte, sie mußte kleine Seufzer ausstoßen, wo sie ging und stand, und wenn sie am Morgen erwachte, erwachte sie mit all ihren Dellen und wollte die Augen nicht aufschlagen, und wollte zurück in den Schlaf: die fließenden Übergänge dort zwischen Körper und Raum – Balsam auf ihre Seele.

Keine kurzen Röcke mehr, sie würde sich nichts vormachen. Alles aus dem Schrank und fort damit. Auch ihre luftigen Sommerkleidchen würde sie zu Grabe tragen. Und wenn er ihr in den Arm fiel, bitte, sie würde sich zu wehren wissen. Sie ließ sich nichts mehr einreden, sie wußte Bescheid. Still und ohne

Aufhebens würde sie in die zweite Reihe zurücktreten und altern.

Daß da Sommer gewesen waren, in denen sie nicht *ein* Mal einen Rock getragen hatte oder eine kurze Hose: als lägen noch Jahrzehnte glatter Sommerhaut vor ihr, sie mochte gar nicht daran denken. Wie hatte sie nur so leichtsinnig sein können, so unbeschwert. Sie war zur Arbeit gegangen unnötig jung unter ihren Kleidern, hatte in ihrem grauen Zimmer gesessen, geschrieben, gerechnet, ganz als *hätte* sie keinen Körper. Diese Gedankenlosigkeit. Fast geschah es ihr recht. Und wieviel Zeit sie verschlafen hatte, verschwendet. Hätte sie sie nur aufsparen können, diese unnützen Stunden, in einem tiefen Keller kühl lagern, es wäre ihr Trost jetzt in den düsteren Jahren des Alterns.

Wie die Zunge nach einer wunden Stellen fühlen muß wieder und wieder, mußte sie hinsehen, sie konnte nicht anders, und stand vor dem Spiegel, bis er sie wegzog. Auch sah sie Frauen nicht mehr auf den Mund wie früher oder in die Augen. Sie sah ihnen auf die Beine und die Beine hinauf. Plakatwände waren nicht sicher vor ihr und auch Zeitschriften nicht. Ihr Blick suchte und fand, aber nie was er sollte, immer war sie glatt die Haut, immer makellos. Ja, es kam vor, daß sie, während ihre Hand in seiner lag, ihn bat, den Schritt zu beschleunigen, einem kurzen Rock hinterher oder die Straßenseite zu wechseln. Und er ihr sagen mußte: Nicht so auffällig! Schau: so!

Um ihm zu beweisen: Da – sieh her, so schön bin ich einmal gewesen, so jung, holte sie alte Fotos vom Speicher, Hunderte, und immer sie: im Badeanzug mit Sonnenhut, unter Palmen und nackt sich räkelnd im heißen Sand. Einsehen sollte er, endlich begreifen, daß es *keine* Hirngespinste waren und sie nicht ohne Grund tagelang mit nassem Läppchen auf der Stirn im verdunkelten Zimmer lag. Jedes Foto besah sie mit Sorgfalt und nahm auch hie und da die Lupe zur Hand: Beine über Beine und Bauch. Auch Unebenheiten waren zu sehen, Aufwerfungen, die ein oder andere Falte sogar. Und sie lächelt, auf beinahe jedem Bild lächelt sie munter in die Kamera.

für Doris und Gilgi

Tage im März

I.

Nicht daß sie sich: Wie wäre es einmal? gedacht hätte, als sie da stand vor dem Spiegel in ihrem Hotelzimmer und sich Ohrringe in die Ohrlöcher fädelte. Nicht daß – wirklich nicht. Nur der Mund sollte schön sein, und sie umrandete ihn mit Sorgfalt, und die Augen groß, groß und dunkel. Noch dunkler, bitte! Erst tuschen, dann zerzausen. Puder über die Nase. Fertig! – nein, fertig ist man nie. Das Licht im Bad schmeichelte, so hübsch war sie doch selten gewesen, besonders von rechts, dieser Leberfleck über den Lippen. Sie lachte kokett. Also wirklich, also wirklich, wenn er da mal nicht stolz sein kann auf sie. Und macht sie ihm schließlich nur Ehre, wenn sie nett aussieht und was hermacht. Auch das Lächeln über die Schulter – ganz reizend!

Ein Blick und ein zweiter in den Schrank. Viel Auswahl ist nicht, so ein Koffer ist einfach zu klein, und das meiste hat Knitter jetzt. Sie zupft da mal, zieht dort mal etwas heraus und legt ihr Näschen in Falten. Ich ginge, denkt sie sich, da lieber manchmal nackt, dann wären nicht die leidigen Probleme mit dem Ausschnitt, der immer zu rund ist oder zu V, und keine Falten an den falschen Stellen und die Taille wäre so schlank zu besichtigen und zu bestaunen, wie sie ist. Alles maßschneidern lassen, das wäre es. Aber, wer kann sich das leisten. Und schließlich – hie und da von der Stange und gelegentlich sogar etwas im Sonderangebot ... Sie darf sich nicht beklagen, hat gar keinen Grund, da gibt es andere: Sie würde sich oft nicht einmal in die Anprobe trauen, sähe sie so aus! Schießen doch manchmal schon ihr in diesem Licht, diesem gemein bläulich-violetten, die Tränen in die Augen, daß sie sofort auf dem Absatz kehrtmachen möchte und raus.

Ob sie ihn anrufen soll? Das schwarze oder das blaue? Oder lieber Jeans und eines dieser enganliegenden Shirts? Sie hat schon die ersten Ziffern gewählt, da überlegt sie es sich anders. Das *ist* es ja, das strebt er an mit allem, daß er immer ein Auge haben kann auf sie, wo sie geht und steht. Und jetzt auch noch durchs Telefon. Das würde ihm so passen. Und weiß doch auch jeder, daß Männern in Kleiderfragen nicht zu trauen ist. Die sehen doch nur, ob eine Hose stramm sitzt um den Hintern und der Ausschnitt Einblicke erlaubt. – Ob die Haare hochgesteckt oder besser offen –, ob die Farbe der Augen mit der Farbe des Kleides – und ob man dies jetzt trägt oder das – das schon gar nicht. All diese, denkt sie sich, und verallgemeinert gerne, all diese Tennissockenträger und Bundfaltenjeansbesitzer. Hätte sie nicht fast ihren Heilpraktiker gewechselt, als der sie in der letzten Sitzung mit einer gelbgepunkteten Fliege begrüßte? Schließlich sagt so ein Fehlgriff nicht nur etwas aus über das ästhetische und auch Feingefühl eines Mannes, sondern – und das wird vielerorts viel zu wenig beachtet – *auch* über den Charakter, *auch* über die Intelligenz.

Kleid und schwarz! Wann soll sie das denn sonst tragen, wenn nicht heute? Und paßt auch das einzige Paar hoher Schuhe, das sie hat einpacken können, nur dazu. Ich würde, denkt sie sich, und für einen Augenblick kommen ihre Gedanken aus dem Tritt, als sie feststellt, *wie* ihre Beine zur Geltung kommen in diesen Schuhen und durch dieses Kleid ... Wäre sie nicht ganz und gar unempfänglich für weibliche Reize und erotisch interessiert nur an herbem Rasierwassergeruch und Stoppelwangen, fast könnte sie Gefallen finden an hübschen Frauenfesseln und sanft geschwungenen Waden. Um der Wahrheit die Ehre zu geben: haarige Männerbeine kann eine Frau mit Geschmack und Gespür für Ästhetik doch bestenfalls *in Kauf* nehmen.

Ihr Täschchen läßt sich nicht finden; ohne ihr Täschchen geht sie nie aus dem Haus. Sie würde sich verletzlich fühlen, so ungeschützt, ohne ihren Lippenstift, ohne Puder und Kajal. Und wenn er wüßte, was Frauen zu leiden haben ohne Rückhalt in ihrer Schönheit. Das Lachen würde ihm vergehen. Und das Mißtrauen. – Der Gedanke, sich zum Beispiel in morgenfrüher Unansehnlichkeit – vielleicht gar nach einer langen Nacht – ungeputzt und ungebügelt vor die Haustüre wagen zu müssen? Gänsehaut, und der Schweiß bricht ihr aus. Da kann ihr keiner etwas anderes erzählen: Man hat es einfach *leichter* schön. – Das ist es aber auch schon. Mehr ist da nicht. Gefallen ja, aber mehr nicht, an mehr dachte sie nicht, an mehr denkt sie nicht in ihrem Hotelzimmer vor dem Spiegel an jenem Abend.

*

Es windet sehr, als sie heraustritt auf die Straße. Fast möchte sie umkehren, weil die Kälte ihr die Beine hinauffährt und unters Kleid. Der Wintermantel hilft nicht und nicht der Schal. Unten offen, denkt sie sich, und: Schönheit muß leiden, beißt die Zähne zusammen und stöckelt los. Wäre ein Taxifahrer nicht gewesen und: »Steigen Sie doch ein!«, sie wäre mit blaugefrorenen Zehen und Lippen eingetroffen im Big Apple Café.

Sicher, er ist nicht schön, aber ist das wichtig? Charmant ist er, und er hat seine Brieftasche auf dem Tresen liegen. Und manchmal klappt er sie auf und zeigt ihr die Fotos seiner Kinder, und auch seine Frau zieht er aus einer Seitentasche. Ob sie hat hören wollen, daß er die liebt? Eigentlich nicht, aber es rührt sie, und vielleicht ist es keine Taktik. Als sie sich dann in den Armen liegen, tanzen, vor und zurück und ein Schrittchen zur Seite, als sie sich küssen das erste Mal, wendet er sich ab einen Augenblick, das Gesicht schmerzverzerrt: So etwas *darf* nicht passieren. Ist er doch ein ganz Treuer. Aber er konnte einfach nicht anders, er kann einfach nicht anders. So schön ist sie, so schön. »Mehr hat er nicht gesagt? Irgendwie einfallslos.« Und wenn sie jetzt darüber nachdenkt, ja, allzu einfallsreich war das alles nicht.

Aber diese kleinen Seufzer, wenn sie ihn küßt, und als würde ihm weich werden in den Knien. Wie hat sie das vermißt all die Jahre. Und zu ihrer Entschuldigung würde sie sagen, wenn die Sprache einmal darauf käme – dabei, wie sollte sie darauf kommen, die Sprache? Ihre Lippen sind versiegelt. Sie würde sagen, er hat mich erinnert an einen, wie der früher war.

Also *Treue* fast. Von wegen Untreue. Noch lange nicht, denn was ist ein Kuß? Allein die Flasche Wein würde ausreichen, *einige* zu rechtfertigen. Und aufgekratzt war sie. Der letzte Abend in dieser lichten Stadt. Sie sich fremd, er ihr fremd. Und wenn sie sich jetzt einmal kurz fallenließ, und so etwas muß immer möglich sein, dann würde sie einen Blick erhaschen in so ein Leben, fremd und verschwitzt und schwül. Neugier? Ja, ich glaube, es war auch Neugier.

Sie würde so gerne an ihn gedacht haben in jener Nacht. Aber sie hat nicht. Einmal, vielleicht, zweimal ganz kurz, aber sonst ist er wie weggeblasen. Als hätte es ihn nie gegeben. Diese Euphorie. So jung noch einmal, so frei und alles, alles möglich. Es zerfließen ihr die Cocktails auf der Zunge wie lange nicht. Und wenn sie an einem Spiegel vorbeitanzt, glühen ihre Wangen rot, daß sie sich berauschter glaubt, als sie eigentlich ist: Würde sie denn auch mit einem Mann auf ihr Zimmer gegangen sein, wäre da nicht der Alkohol gewesen und die vielen Drehungen, und die Arme einmal linksherum und einmal rechtsherum, daß selbst das Blut ganz aus der Fassung gerät und nicht mehr weiß, wo oben und unten und sich nicht mehr zurechtfinden kann in ihrem Körper?

Warm ist ihr, und wenn er sie so festhält: Süße! Liebste! Daß er auch Augen hat, war ihr gar nicht aufgefallen den ganzen Abend, sanfte, schöne zum Dahinschmelzen. Da kann schon mal so ein Gedanke im Kopf Platz nehmen. Aber *ihr* Einfall war es nicht, natürlich nicht. Sich wiegen und schmiegen zur Musik, welche Frau würde mehr wollen? Als sie dann in die Nacht hinaustreten, die Fassaden um sie kulissenhaft angestrahlt, hat er den Arm um ihre Schultern gelegt und dirigiert sie. Und *nur* weil sie zittert und ihr kalt ist, schmiegt sie sich vielleicht, vielleicht ein wenig.

*

So leicht hätte sie nein sagen können vor der Zimmertür. Einfach den Kopf zurückwerfen, nett lächeln, Schlüssel ins Schloß und rein. Aber sie *kann* so schlecht nein sagen, diese Enttäuschung in den Gesichtern, immer geht ihr das so, auch in ganz kleinen Dingen, und kauft immer ein Brötchen mehr oder zwei beim Bäcker, weil der sie so traurig ansieht. Und er muß ja auch leben, denkt sie sich dann. Und schon hört sie sich sagen: Willst du noch reinkommen, kurz? als sei damit nicht und unwiderruflich.

»Ich wollte es nicht, das mußt du mir glauben. Und vorher, all die Jahre, es ist nie etwas gewesen, nie.« Sie schält sich aus ihrem Kleid, da hat er noch kein Wort sagen können, und hat ihre Hand in seiner Hose, da hat er noch nicht die Schuhe aus und nichts.

Gesprochen wird nicht oder wenig. Was läßt sich auch sagen in solchen Momenten, ist doch die Sprache nicht vorbereitet auf so etwas und wäre viel zu leicht und wie übers Wetter. Man kann, denkt sie sich, doch schlecht die Körper aneinanderreiben, Schweiß und Speichel tauschen und dabei wie von fern und distanziert sich über die Arbeit unterhalten oder welchen Wagen man fährt oder über Kinder und den Garten. Da bleibt ja nur stöhnen und Oh, oh, du machst das gut.

Sie hat sich lang ausgestreckt und läßt sich küssen. Rührend, wie er werkelt und weiß ja nicht, wo greifen und beißen. An den Waden, da ist sie kitzlig, und die Brustwarzen – »Au, das tut weh.« Sie hat sich, das muß er ihr glauben, keinen Augenblick entspannen können in dieser Nacht. Der fremde Atem, der fremde Geruch. Nein, kein schlechtes Gewissen. Aber sie fragt sich, wie sie daliegt: warum sie daliegt eigentlich? So spät schon und wäre besser zu schlafen. An den nächsten Tag denkt sie und die lange Bahnfahrt. Und daß sie abgeholt wird, auch daran denkt sie – kurz.

Die Nachttischlampe blendet: Mach sie aus, bitte, sagt sie, aber er will nicht. Und so sieht er den Leberfleck überm Po und den Busen ganz genau und sieht ihr in die Augen dabei. »In die Augen dabei, das ist das schlimmste.« Sie hätte ja auch lieber in der Schwärze der Nacht. Ihr Körper wäre sein Körper gewesen, und sein Körper ihrer. Alles wäre dann nur ein Traum gewesen, und sie hätte sich erheben können aus dem Laken am Morgen, das Fenster öffnen und er längst fort. Keine Bilder dann, gar keine, und die Küsse auf ihrer Haut nicht eingebrannt.

Sie hebt das Becken und senkt es, stöhnt laut und kneift ihm in den Hintern – langsam wäre es Zeit. Ob er nicht will, oder nicht kann? Die Aufregung vielleicht. Einlassen hat er sich aber müssen, als gäbe es nichts Schöneres, und hat sich bestimmt auf die Schulter geklopft innerlich, als er sie dann hatte soweit und in ihrem Zimmer. Wie wird er seinen Freunden erzählen können in den nächsten Tagen, und auch denen, mit denen er nicht so gut bekannt ist. Selbst auf die Gefahr hin, daß seine Frau etwas erfährt, man lebt nur einmal und was ist ein Sieg, von dem keiner weiß.

Dann liegen sie nebeneinander, er spricht, und sie hört zu. Wie lange? Vielleicht zehn Minuten, vielleicht zwanzig. Zärtlich zaust sie sein Brustfell und tätschelt ihm den Bauch: ein wenig Vertraulichkeit, wie käme man sich sonst vor und hat sie doch im Abschiednehmen keine Übung. Er um so mehr. Ein Kuß an der Wange vorbeigehaucht. »Sieht man sich mal wieder?« und ist zur Tür hinaus.

Sie stellt sich vor den Spiegel, als er fort ist. Nicht schlecht, denkt sie, und gar nicht verdient hat so einer so was Hübsches, aber ist ja stets so, und wann trifft man schon mal einen, der es verdient hätte? Beine und Po, Schamhaar, alles noch da und alles wie immer. Wie gerne würde sie jetzt ein Schaumbad nehmen in goldenem Licht und Seifenflöckchen in die Luft pusten, alles rosig waschen und wegwaschen und ihr Körper wieder ganz ihr. Aber dann kann sie sich nur unter eine Dusche stellen, graues Morgenlicht fällt ein, und sie hat ihre Gedanken wieder für sich.

II.

Sie hätte es ihm ja erzählen können, auf dem Bahnhof noch und noch mit dem Koffer in der Hand. Aber sie hat nicht, warum auch? waren doch keine Gefühle dabei und nichts. Sie geht neben ihm her den Bahnsteig entlang und dann sitzen sie in einem Café und er sieht sie an mit dieser traulichen Mischung aus Zerstreutheit und Langeweile. Du hörst mir nicht zu, sagt sie und um so gereizter, als sie kein Recht mehr dazu hat, zu nichts mehr. Aber schließlich, einer muß ja schuld haben und wenn, dann wäre es ihr lieber, er. Auch Liebst du mich? fragt sie von unten herauf, und da ist ihr längst schon klar, daß nicht. So einen, denkt sie, so einen zu betrügen, da hätte man sich fast noch eine Medaille verdient, und ist ihm gar nicht klar, was er an ihr hat, und daß ihr Männer nachgucken, fällt ihm überhaupt nicht auf. An jedem Finger zehn könnte ich haben, denkt sie und: Wenn du wüßtest.

Und weil sie nicht hören will, was er ihr erzählt, so grau alles das und bürostaubig, erzählt sie selbst das eine oder andere und redet sich in Stimmung und von Tanz und Musik und flirrenden Lichtern: Auch sei da einer gewesen – nett und habe ihr Augen gemacht. Aber so was könne sie ihm nicht erzählen, wisse sie ja, eifersüchtig sei er, und nicht einmal so ein kleines Vergnügen gönne er ihr.

Daß sie hübsch aussieht heute, darf er ihr sagen. »Und so anders!« Was so eine Nacht nicht alles, denkt sie sich, und ist sie doch auch schöner jetzt für ihn.

Ob ihr manchmal noch? Das Gesicht vielleicht oder die Hände? Selten, fast nie und schließlich hat sie auch anderes zu tun: morgens zur Arbeit und abends nach Hause, fernsehen, ausgehen, viel Zeit bleibt da nicht. Nur in der Nacht manchmal schreckt sie auf. Hat sie gesprochen im Schlaf? und ist dann versonnen und schläft lange nicht ein, als hätte der Traum nachgeholt, was das Leben vergessen hat.

Vergleiche stellt sie nicht an, ob der eine schöner ist oder der andere. Oder zärtlicher? Zärtlich sind sie nie. Und hätte er sie gefragt am Morgen und wäre nicht, Kuß über die Wange, zur Tür hinaus – sie hätte vermutlich Nein, danke, gesagt. Was sollte sie auch mit wieder neuen Fehlerchen und Schwächen und wieder Hornhaut an neuen Stellen?

Sie legt sich in diese Tage wie der Fluß in sein altes Bett. Und wie sie das erste Mal wieder mit ihm? Fast kann sie sich nicht erinnern. Ist doch der eine wie der andere und die Seufzer gleichen sich, man würde es nicht glauben.

Vermutlich, ja, hat sie auch *dem* in der Nacht an den Po gefaßt, wie sonst ihm, hat mit den Lippen die Brustwarzen und den Bauch. Aber solche Bewegungen sind doch wie das Öffnen einer Flasche immer nach links und wie den Schlüssel vom Schlüsselbrett und dann in die Manteltasche. Wer weiß da noch und kann sich erinnern? Wer bemerkt denn, daß er die Hand bewegt und wie?

*

Und wirklich, er soll sich nicht so haben und soll sich einmal an die eigene Nase fassen, denkt sie sich. Na gut, er hat ihr vertraut, als er sie in den Zug setzte, und sie ihm nie. Vielleicht macht das die Sache leichter. Aber als hätte er ihr nicht von Freiheit in der Ehe gepredigt all die Jahre, so führt er sich jetzt auf. Als hätte sie ihn nicht in der Silvesternacht mit dieser Frau am Fenster – küssend. »Eine ganz andere Welt plötzlich, Abgründe tun sich auf, Seelenabgründe! Und was ich zu dir gesagt habe und du zu mir, alles erscheint mir in anderem Licht jetzt.« Sie kann ihn nur tätscheln, was soll sie auch sonst tun, und als er endlich eingeschlafen ist neben ihr, zerreißt sie den Brief und spühlt ihn im Klo hinunter.

So ein Brief, so hübsch weiß, und hat ihr Leben durcheinandergewirbelt, daß der Stuhl kein Stuhl mehr ist und der Tisch kein Tisch, und die Nacht schwül und voll Tränen. Dabei hätte sie sich freuen können und daß sie so ganz vergessen nicht ist. Eintreffen mußte der Brief genau an seinem Geburtstag, wie es ja immer ist, man kennt das, und daß er ihn wie selbstverständlich auf seinen Gabentisch legte zum Marmorkuchen und den anderen Kleinigkeiten, stolz, wie ein Kind, das an seinem Turm baut.

Sie hätte alles abstreiten können, da wäre es noch gegangen, hätte, als er den Brief hochhielt und »Von wem ist der? Kenne ich nicht«, rufen können: Ach, ich weiß schon, gib her. Nicht wichtig, gar nicht wichtig, ich mach ihn nachher auf, pack du nur weiter aus! und Was ist da denn drin? Aber so etwas kann sie nicht und hat keine Übung. Bleich ist sie geworden, wie das

Tischtuch so bleich, hat den Brief an sich genommen und alles gestanden. Ihre Lippen versiegelt, von wegen. Sie könnte sich ohrfeigen jetzt. All die schönen Sommermonate in den Straßencafés, die jetzt hätten beginnen können und diese lauen Nächte zum Herumflanieren, alles hat sie sich verdorben und hat sie verwirkt jetzt. Nicht daß er sich trennen wollte. Soll ich gehen? Davon will er nichts hören, nur lamentieren will er, und Ich halt es nicht aus! die ganze Nacht über.

*

Sie darf ihm nichts erklären. »Erklär mir nichts, ich könnte es nicht aushalten. – Es würde mir das Herz zerfetzen, würdest du nur einmal ›er‹ sagen oder ›er hat‹. So ein leichthin gesagtes ›er hat‹, ich müßte zum Fenster hinaus und fort.« Also hütet sie sich und erwähnt auch die Stadt nicht, in der sie so treulos war, und der Name des Hotels und Namen, die diesem ähneln, kommen ihr nicht über die Lippen.

Wie breit war das Bett? und Hast *du* ihn aufgeknöpft? Manchmal fragt er so in irgendeine Stille hinein. »Sag nichts, ich will es nicht wissen.« Er kann nicht mehr schlafen, nachts nicht und auch morgens nicht mehr. Früh ist er wach, und sie sieht ihn herumgehen. Er müsse denken und denken, sagt er, bis keine anderen Gedanken mehr Platz haben. Der Portier, hat er sie gesehen? Und welche Zimmernummer? Zweistellig, dreistellig? Längst habe er kein entspanntes Verhältnis zu Zahlen mehr, zu nichts mehr habe er ein entspanntes Verhältnis. Alles hängt doch mit allem zusammen, und alles führt zu dieser einen

Nacht in diesem Hotel in dieser Stadt, und wenn er die Stunde wüßte, würde er dann je wieder schlafen können um diese Stunde?

Bleich ist er geworden und ungepflegt in diesen Tagen, blaue Schatten unter den Augen, und er rasiert sich nicht mehr. Wenn er zu ihr ins Bett kriecht gegen Morgen, riecht er nach Wein und Schnaps.

Eine neue Zeitrechnung sei angebrochen, das hat sie sich klarzumachen, nur noch Tage *ante quem* gebe es von nun an und solche *post quem*. Das Datum ihres Verrats habe sich eingebrannt in sein Leben und werde die guten von den schlimmen Jahren scheiden, von den blassen, blutlosen, hoffnungslosen Jahren. Er duldet kein Nein und kein Du übertreibst. Die Lüge habe Einzug gehalten in sein Leben. Und wenn sie ihm sagt, daß sie ihn liebt – was hat sie nicht schon gesagt und vor allem: nicht gesagt! Auf wen soll er sich von jetzt an noch verlassen können, wenn er sich auf sie nicht hat verlassen können, deren Arme so sehr seine Arme gewesen waren und deren Mund so sehr sein Mund, daß er *seine* Küsse beinahe auf *ihren* Lippen hat spüren können. Jetzt spürt er die Küsse eines anderen auf ihren Lippen, auf ihrem Bauch, auf ihren Schenkeln. Und wenn er einmal nichts spürt, nicht daran denkt, wenn er Zeitung liest oder mit einem Kollegen spricht, immer ist da diese Kälte zwischen Herz und Hirn, daß kein Durchkommen mehr ist für andere Gefühle, und daß sie schuld hat daran, alleine schuld hat, *muß* sie wissen.

An manchen Tagen ist er zärtlich mit ihr und anhänglich,

von einer todesmutigen Fröhlichkeit fast, daß ihr Herz sich weitet und sie ihn wie einen kleinen Jungen bergen möchte unter ihren Röcken und Unterröcken, schützen vor aller Unbill. Daß er vergessen will und verzeihen, sagt er ihr dann. Und er habe begonnen, Gedanken wie Waffen gegen seine Verzweiflung zu schleudern, verständige Gedanken, die ihre Tat heimholen sollen: Daß er sie verstehen kann, etwa, ist er ja auch kein Chorknabe gewesen all die Jahre, und daß er sie vernachlässigt hat, dazu beigetragen hat also und so fort.

Nur, meist dreht der Wind, wenn sie sich gerade wohlig eingefunden hat in seinen Ton, wenn ihre Schuld zusammengeschrumpft war unter seinen Worten, daß sie in jeder Streichholzschachtel hätte Platz finden können. Seine Stimme verändert sich dann unter dem neuerlichen Anbranden seiner Gefühle, wird dunkler und ein Tremolo findet sich ein. Er muß aufstehen und im Zimmer herumgehen: Will sie, daß er ihr verzeiht, will sie Nachsicht, will sie Güte? Wäre das *Leidenschaft?* – Liebe wäre es vielleicht, eine brüderlichschwesterliche Liebe, eine biedere. Aber begehren, nein begehren könne er sie *so* nicht. Will er sie begehren, muß er auch verzweifeln an ihr und dem, was war. Es sind dann ihre Küsse nicht wie solche auf die Wange. Wenn sie ihn küßt, hängt er zwischen Himmel und Hölle und muß also stürzen so tief.

Manchmal nachts, wenn er schweren roten Wein getrunken hat, setzt er sich ans Fußende ihres Bettes, straft sie, indem er sich demütigt. Stöhnt, seufzt, wimmert, und trösten darf sie ihn nicht. Ihre vorsichtig tastende Hand, an seinen Zehen und ein wenig die Füße hinauf, schiebt er weg, und seine Seufzer klingen weher als zuvor. Daß du schlafen kannst! sagt er, wenn sie für einen Moment die Augen schließt. Sie denkt an Zugvögel, die schlafen können beim Fliegen, und lernt zu schlafen mit offenen Augen.

*

Als er dann Fragen stellt, mag sie nicht mehr antworten. Sie hat diese wenigen Stunden um und um gedreht in den letzten, stummen Wochen. Der Portier – hat er sie gesehen? und die Zimmernummer: zweistellig, dreistellig? Längst erinnert sie diese Nacht, als sei sie gestern gewesen, und hat der Wirklichkeit einiges Wissen voraus: Daß kein Gramm zuviel war um seine Hüften und nicht der leiseste Ansatz Bauch. Und trug sie nicht jenen Spitzen-BH, der sich ihrem Busen so aufreizend entgegenstemmt? Sie hatte ihn in den Koffer gepackt für diese Reise, oder hatte sie nicht? Sie weiß es nicht sicher. Nur daß er ihn ihr löste in jener Nacht und seine Finger zitterten.

Fort und fort hätte sie dieses Abenteuer spinnen mögen, fort von der Wirklichkeit ins milde Licht einer Liebe. Es will ihr nicht recht gelingen, noch hat sie Skrupel. Aber soll sie seine Anschuldigungen auf sich nehmen für nichts und wieder nichts, seine Tränen für eine Nacht, die nicht der Rede wert war?

Als sie ihre Finger wandern lassen soll, wie sie auf *ihm* gewandert sind: Zeig es mir! dreht sie sich weg oder geht aus dem Zimmer. Das kann er nicht von ihr verlangen, das nicht. Es ist ihre Nacht gewesen, ihre allein. Und hat sie nicht einiges erdulden müssen für diese Nacht? Jetzt will sie sie hegen und pflegen, ein Gärtchen anlegen in ihrem Herzen, zu dem er keinen Zutritt hat. Und was ist eine Frau, die kein Geheimnis hat? Das müßte er wissen. So ein Geheimnis macht eine Frau leuchten von innen heraus, ihr Gang wird dann anders, und sie hat etwas in ihren Blick zu legen.

»So war es nicht, ich weiß es!« Er spürt es sofort, wie sie sich auch Mühe gibt. »Da war sie nicht, die Hand, mir kannst du nichts vormachen. Dein Herz klopft nicht, und dein Atem geht leicht.« Ich will dir nicht weh tun, redet sie sich heraus, und: Ich habe nichts zu erzählen. Aber ihre Zärtlichkeit will er nicht, und er will auch nicht geschont werden, und irgendwann beugt sie sich und gibt nach.

Von sanften Tälern spricht sie ihm, von Flanken und Kuppen weichen, rosa Fleisches ins silberne Licht der Nachttischlampe getaucht. Schatten und verschwiegene Orte malt sie ihm in die Luft. Von feuchtem Gekräusel läßt sie ihn wissen und vom Beben und Erzittern und von der Stille danach. Ja, sagt sie, es war eine Nacht – so eine Nacht war es.

Vielleicht, daß er eingeschlafen ist. Als ihr die Worte ausgehen nämlich, sie daliegt, still, an die dunkle Decke starrt und wartet, ist nichts zu hören von ihm. Sie lauscht auf das Ticken des Weckers, das ferne Brummen der Autobahn. Und irgendwann dreht sie sich auf die Seite, holt einmal tief Atem und schläft ein.

Ein Hundeblick, so war er früher nicht

Sie ist eine Herausforderung, und es ist kein Durchbrechen zu ihr. Sie hält ihre Fenster geschlossen. Ich brauche niemanden und nichts, auch dich nicht, wenn er nachfragt, und manchmal macht sie ihm angst. Daß sie ihm ihren Busen hinüberreicht: »Geht schon« und »es macht mir ja nichts aus« und sie schleckt an seinem Finger und bringt ihn um die Vernunft. »Ich denke«, sagt sie. Ihre Augen versonnen ins Weite, und ihre Lippen treiben ihr Spiel wie Katzenkinder und haschen und verlieren. Und sie schaut aus dem Fenster, als hätte sie damit das wenigste zu tun. »Ich denke nach über den Himmel, wenn er blau ist im Sommer oder fahl wie heute oder mit Sternen, daß er sich erstreckt in den Raum. Hellblau ist er eine Fläche und straff gespannt – ein Fünfziger-Jahre-Himmel, daß man sich beschützt glaubt. – Tu den Fuß dort weg.«

Er hat es nicht leicht. Es ist ein Wagnis mit ihr. Sie lacht ihn aus. Wenn sie vögeln, hält er die Augen geschlossen. Er weiß, wenn er aufsieht, daß sie ihn ansieht spöttisch aus Lichtjahrenentfernung mit dieser kühlen Zärtlichkeit. Ein Hamster im Laufrad, der müht sich vergebens.

Vier Jahre, die er sie kennt. Zeit genug, ihn aus dem Leben zu bringen. Er hat seinen Rhythmus verloren. Glücklich ist er nur, wenn er mit *ihr* ist, und nie leidet er mehr. Dann sieht er alle Hoffnungen begraben, und wie er auch greift nach ihrer

Hand und ihren Blick sucht, immer ist es ihm eine schreckliche Bestätigung. Wie zufällig ihre Finger in seiner Faust liegen. Da ist nichts in ihr, das ihn braucht. Und doch darf er sie nicht verlieren. Es ist diese Angst in ihm, die größer ist als alles. Und wenn er ausgeht mit ihr, macht sie sich einen Spaß daraus – und flirtet, es ist ihr ganz egal mit wem. Manchmal wird er dann wütend, manchmal nur still und legt wortlos das Geld auf die Bar. Kommst du? Ein Hundeblick, so war er früher nicht. »Calm down. Ihr bedeutet mir nichts. Du nicht, und auch sonst keiner. Es ist ein Spiel.«

Sie kleidet sich, wie er es gern mag. Ihre T-Shirts eng, aus rauhem, durchsichtigem Stoff und bunt, wie Lieder der Beachboys, und sie flicht sich Blumen aus Plastik ins Haar. Solche Beine möchte ich haben, hört er eine Frau sagen, als er sie an der Schulter durchs Café führt. Und wir sind hier nicht im Schwimmbad, eine andere. Glatte braune Beine. Mit feinen blonden Härchen darauf. Und eine Hose ist das eigentlich nicht, das sie da trägt, sie weiß das sehr gut, und es ist ihr eine ausgesprochene Freude.

»Ich mag keine blonden Frauen.« Er kannte sie gerade eine Stunde. »Und daß ich *dich* mag, bedeutet viel.« Auf einem Straßenfest war es, daß sie nebeneinander zu sitzen kamen, so zufällig wie irgend etwas, heute macht ihm das angst. Und daß sie ihm aufgefallen ist? Der Honigton ihres Haars, das war das erste. »Nein, keine blonden Frauen.« Er hatte sich nichts ausgerechnet für diesen Abend und war mehr als verwirrt, wie sie mit ihm kommen wollte: »Das glaube ich nicht. Du meinst es nicht ernst?« Ihre Augen spöttelten, sie räkelte sich. »Dann nicht«, und einen Schmollmund. So ein Mund, da hätte er wahnsinnig werden können, da war die Frau dazu fast zuviel.

Es ist eine Entscheidung. Das ist es. Und er hat sich entschieden. Lieber leiden und leben, als nicht leben, sagt er seinen Freunden. Und glaubt, was er sagt, und legt in seine Stimme eine Überheblichkeit, die ihm ein Anliegen ist. Er ist bleich geworden, das sagen ihm viele, und er geht anders als früher. Der Boden ist ihm näher.

Frauen – niemals vorher waren sie sein Problem gewesen. Man kam zusammen, man trennte sich. Man hatte sich etwas oder nichts mehr zu sagen. Er wollte arbeiten und vorankommen, so war es gewesen. Er erinnert sich daran als an ein fernes, naives Glück. Irgendwann einen offenen Sportwagen, durch die Stadt zu fahren und Mädchen hinterherzupfeifen. Er mochte den Himmel über der Stadt, und die höchsten Häuser waren ihm die liebsten. So ein blauer Himmel! und spannte sich über einen, daß man sich beschützt glaubte.

Idyll I–VIII

Wie kann sie an einen anderen denken, wenn er sie so am Arm nimmt, sie leise, leise ins dunkle Zimmer führt, weit das Fenster öffnet und da ist der Mond. Rund und ganz und sonnengelb.

*

Und daß sie sagen kann: »Siehst du den Mond über Soho?«, wenn da ein Mond groß und rund und sonnengelb auf einmal über ihnen hängt, wenn sie aus der Kneipe stolpern. Und er dann sagt: »Ich seh ihn, Geliebte.«

*

*Als er ihr das bedruckte T-Shirt schenkte, wußte sie es noch nicht.
Wußte nicht von der Ähnlichkeit und wie er sie einzusetzen versteht.
Er spitzt den Mund und seine Lider senken sich dumm über die Augen,
er beugt den Hals und rundet den Rücken. Wie ein Janoschbärchen
sieht er dann aus. Daß sie nicht anders kann und seine Liebste wird,
eine Ente, die gelb und klein ihren Schnabel zu ihm aufreckt, ein ver-
liebtes Mündchen macht, soweit ihr das möglich ist.*

*Wenn er dumm die Lider über die Augen senkt und den Mund so
vorschiebt, daß seine Lippen feucht und rot und rührend sind, kann sie
nicht anders und wird zur Ente, und das ist es auch, was er bezweckt
mit alldem.*

*

(Vogelbad)
*Wenn er vögelt, will er sie nicht in der Nähe. »Ich brauche Platz«
sagt er, daß er sich über das Waschbecken beugen und mit den Flügeln
schlagen kann, bis die Tropfen fliegen.*

*Und kommt aus dem Bad feucht um die Augen, rosig um die
Wangen und die Federchen im Nacken wasserverklebt und schwärzer
als sonst.*

*

Selbe Zeit, selber Ort, sagt er, zieht sie mit und duldet keinen Widerspruch.

Und dann gehen sie hin und her, vorsichtig, und horchen, und dann sitzen sie im Dunkeln auf einem Mäuerchen. Ab und zu fährt ein Auto vorbei, und sie blinzeln ins Licht. Kein Igel! sagt sie. Nur die Ruhe! sagt er, und dann sind sie wieder still und warten. Manchmal ein Schnauben, etwas wie ein Husten. Da kommt er! Aber er kommt nicht, und sie friert und möchte ins Haus. Es wäre dein erster, sagt er, der erste ist immer der Schönste, und da setzt sie sich wieder, zieht die Knie eng an den Körper und kreuzt die Arme wärmend vor der Brust, und geduldet sich noch einige Augenblicke.

*

Es kommt vor, daß er in die Wanne gleitet, wie ein Flußpferd und schnaubt. Dann eilt sie herbei, sein Brusthaar aus der Fassung zu bringen und scheucht es hin und her. Plitsch platsch macht ihre Hand, taucht ab und wieder auf. Tief unten weht sein Schwanz und blüht wie ein Meeresgewächs. Sie würde ihn kosen, wenn er klein und weich bliebe. Aber so hält sie sich lieber an den Bauchnabel und fischt nach den Hoden, und seine Zehen machen ihr Spaß.

*

Sie sind nie alleine in der Wohnung, und manchmal stört sie das. Wenn sie sich zur Seite rollt und fischt nach ihrem Slip, sieht sie schon aus den Augenwinkeln etwas näherkommen. Etwas Kleines aus braunem Plüsch, Fridolin, und er baut sich auf vor ihr: »Ich hab alles gesehen«, sagt er. Und wenn sie ihn packt und wirft ihn aus dem Bett, ist es natürlich schon zu spät.

*

Es ist Sommer, das Gras steht hoch und das Mädchen ist kaum zu sehen. »Er ist jünger als sie und obenauf«, sagt er, »dreizehn, höchstens vierzehn. Und wie er sich müht.« Sie nimmt ihn bei der Hand und geht schneller: Schau nicht so, schau nicht so hin! Es ist ein heißer Sommer und das Gras steht hoch in der Senke. Und wenn sie hinabgehen und wieder hinauf, spielt ein Lächeln um seine Lippen.

So ein Mond

Es ist da diese Frage in ihr, ob sie es wert ist. Sie hat ihre Bedenken. Gerne würde sie glauben, daß sie irgendwie hervorsticht unter allen und außer ihrer hübschen Nase noch einiges zu bieten hat. Aber kann sie es glauben? Vielleicht erzählt er ihr nur, um die ein oder andere Nacht nicht alleine zu sein in seinem Zimmer. Vielleicht fängt er sich Bilder ein, wenn er über die Straße geht und durch den Park, und sie ist nur Leinwand, auf die er seine Träume malt von begehrenswerten Frauen. Sie hat sich überreden lassen, lange hat es gebraucht. Sie ist keine, die leicht zu kriegen ist, weil sie zuerst einmal nicht glaubt. Was hat sie denn? Schön ist sie nicht und klug auch nicht. Lieb ist sie, aber ist das ein Wert? Zärtlich ist sie, aber das sieht man ihr ja nicht an an der Nasenspitze, und auch ihre Hände sehen aus wie alle. Keine zarten Fingerspitzen, solche hat sie sich immer gewünscht, da war sie noch nicht zwölf Jahre. Und auch Sommersprossen hat sie sich gewünscht und war verzweifelt, daß ihr Leben dahingehen würde, ohne daß sie je Sommersprossen auf ihren Wangen herumgetragen hat. »Ich mag dich, wie du bist. Deine Haut, dein Haar, einfach alles.« Es hört sich schön an, wenn er so etwas sagt. Da sinkt sie doch sofort lieber in seine Arme und glaubt fast und schaut nicht mehr über seine Schultern nach anderen aus, die vielleicht besser zu ihm passen würden und auch tanzen können mit in den Nacken geworfenem Kopf und geschlossenen Augen. »Schau, wie wäre es mit der?«, muß sie ihn fragen, und hat er nicht gerade nach einem lockigen, roten Haarschopf gespäht, unter dem ein Rosenmund vor sich hin blüht? »Nein, keine andere, nur dich.«

Und wie sie tuscheln und herübersehen zu ihr. Eine Kleine, Dunkelhaarige wippt im Schaukelstuhl am Rande der Tanzfläche und wirft ihre Augen zu ihr auf, daß sie denken muß, die denkt sich etwas und denkt über sie nach. Spott um die Lippen und die Wangen ein wenig eingesaugt, daß der Mund so hervortritt. Er sieht rein gar nichts und sie bilde es sich nur ein. Loslassen, fallenlassen! Er massiert ihr die Wirbelsäule hinunter und greift ihr in die Schultern. »Du bist hier mit mir und ich mit dir, weiter ist nichts wichtig.« Was weiß sie über ihn? viel zu wenig.

Daß er eine Tochter hat und wenn er von der Arbeit nach Hause kommt, muß er erst einmal das Abendbrot machen und dann abspülen und den Müll hinuntertragen und die Kleine ins Bett bringen. Dann ruft er sie an. Sie sitzt vor dem Telefon den ganzen Tag, einen *lieben*, langen Tag, denn das Warten auf eine Freude, ist auch eine Freude, sagt er ihr. Sie vermißt ihn. Sie streicht sich über die Arme und faßt sich an die Brust, fühlt seinem Mund nach, wenn er nicht bei ihr ist. Am liebsten würde sie schlafen bis spät in den Tag, daß die wenigen Stunden, bis er kommt oder zu seinem Anruf, voll dieser Süßigkeit sind. Sie ist auf ihn hereingefallen, wie sie es immer hat vermeiden wollen. Und weiß jetzt nicht recht und nicht mehr, wohin mit sich. Ist er ein Fels in der Brandung, eine Eiche im Sturm oder nur ein Fähnchen? Wer sagt es ihr, wer erzählt ihr etwas über ihn?

Manchmal gibt sie ihm keinen Anlaß. Dann räkelt sie sich auf dem Sofa, ist eine Katze auf blauem Plüsch und schnurrt in seine Hand hinein. Er ist zufrieden mit ihr, wenn sie so ist. Sagt mein Augenstern zu ihr und hat einen freundlichen, weichen Mund, küßt sie so, daß sie nicht mehr Atem holen möchte, nur von seinem Atem leben bis in alle Ewigkeit. Sie stellt dann keine Fragen. Es gibt nichts zu fragen. Er ist ja da. Aber wenn sie gewartet hat, einen langen Tag hindurch gewartet auf ein Wort von ihm oder einen Brief und nur diese Stille um sie war und Wind ums Haus und Regen. Und er dann plötzlich in der Tür steht, als sei er nie weggewesen und als könnten sie dort weitermachen bei der letzten Liebkosung und ihrer zärtlichen Hand auf seinem Arm. Was? fragt sie dann, Wie? und Warum? und Wer bist du? Er hat keine Antwort darauf. Fragen! Er verschließt ihr den Mund mit seinem Finger: Ich bin wie ich bin.

Ich möchte sie kennenlernen, deine Tochter, sagt sie, und Fotos sehen von deinen Frauen. Deine Mutter vielleicht, deinen Vater, und weiß noch nicht einmal, ob sie noch leben. Du erzählst mir nichts. Er habe nichts zu erzählen und möchte auch, daß sie ihn sieht, wie er ist und nicht warum er ist. Diese Bedingtheit ist hinderlich und tut einer Liebe nicht gut. Sie würde so gerne an eine Liebe glauben. Aber sie sieht immer die spöttischen Augen auf den Partys, zu denen er sie mitnimmt. Und wenn eine spricht mit ihr, hört sie Mitleid in der Stimme. Wir sind nicht wie alle, sagt er ihr. Wir sind besonders und so ist es gut. Ich bin dein Nachtgast und du hast den Tag in meinem Gesicht nicht gesehen und liebst mich darum. Sie möchte aber den Tag in seinem Gesicht sehen und seine zerknitterte Haut, wenn er den Kopf aus dem Laken hebt. Sie möchte mit ihm unter der Dusche wach werden und reichlich Kaffee in die Kaffeemaschine füllen. Sie will ihm ein Sandwich in Butterbrotpapier wickeln und seine Aktentasche öffnen und schließen, bis sie den Mechanismus begriffen hat. Komm, sagt er zu ihr und zieht sie hoch. Mach dich schön. Und sie macht sich schön. Zieht sich das Kleid über den Kopf – er hat es ihr geschenkt, er weiß, was ihr steht – legt sich die Perlenkette um den Hals, und als sie geschminkt ist, ihre Lippen rund und voll und glänzend sind, hat sie ihn wieder und kann ihn schon necken und krault ihm den Eintagebart. Fest an der Hand faßt sie ihn, zieht ihn die Treppen hinunter und atmet draußen die kalte, feuchte Luft tief ein. Dann warten sie auf das Taxi. Und da hängt ein Mond über ihnen. So ein Mond, sagt sie, ist mir nie untergekommen vor dir.

Auf ein Wort

Ich bin am schönsten, wenn ich nicht rede, hat er mir gesagt. Und er hat recht. Es verändert sich etwas in meinem Gesicht, wenn ich rede. Die Wangenknochen treten grob hervor. Die Nasenflügel weiten sich. Und wer Augen hat, der weiß, wie sie unter Brauen zu liegen kommen, wenn man nicht achtgibt. Sie sind sonst das Hellste an mir. Es ist ein Leuchten um sie, wie am Weihnachtsbaume, so ein Leuchten, daß man entbrennt in Liebe.

Da ist es natürlich arg, daß sich der Mund so sichtbar ins Gesicht stellt, wenn ich rede, und man sieht mehr in ihn hinein und ins Dunkel, als daß man die Lippen bemerkt, die schön sind. Solche Lippen! sagt er mir immer. Wie sie aufeinanderliegen, ein sanfteres BergundTal ist kaum zu denken. Und eine Kuhle darüber, die sich nicht zu verstecken braucht. Ein zaghaft streichelnder Finger verfängt sich leicht in ihr und noch leichter ein Blick. Ich rede, daß es ein Grausen ist, das weiß ich selbst. Die Worte brechen hervor. Man duckt sich unter meinen Worten, ich habe es oft bemerkt. Aber was läßt sich ändern. Nicht reden! als ob das leicht wäre. Und was sich in meiner Brust drängt und umeinanderschiebt, will auch einmal freie Luft atmen. Es läßt sich nicht vermeiden, habe ich ihm gesagt, daß hie und da gegen alle Empfehlungen meinem Mund ein Recht eingeräumt werden muß. Auf ein Wort, sag ich, auf ein Wort.

Und bringt es ins Gespräch

Es ist so, sagt mein Liebster, daß ich dich nur schwer ertragen kann. Du fällst mir zu sehr auf. Wenn du durch die Wohnung gehst, knarren und knarzen die Dielen, und der Boden schwingt, daß eine Herde Antilopen auf der Flucht noch leiser ist als du. – Aber, sage ich, ich kann nichts dafür. Es muß an meiner Kindheit liegen. Ich trete fest auf, damit ich gehört werde, und hättest du sechs Geschwister und eine schwerhörige Großmutter gehabt, du trätest auch fest auf. – Tut nichts zur Sache, sagt mein Liebster, rede dich nicht heraus. Auch bist du kein ordentlicher Mensch, wie du weißt, es stapeln sich deine Bücher und Zettel mittlerweile in allen Zimmern, daß ich Mühe habe, auch nur ans Fenster zu treten, und der Weg zum Klo ist keine leichte Sache mehr. Dann die Cornflakeskrümel in Sofa und Sesselritzen. Ganz zu schweigen von Fingertapsen an Türen und Lichtschaltern und Kühlschrankgriffen.

Du mußt, sagt er, ausgelagert werden. Und bringt es ins Gespräch.

An seiner Seite

Sie ist ein warmer, guter Brunnen und säugt ein Kind und noch eines an ihrer Brust. Als sie mir die Hand reicht, erschrickt meine Hand in ihrer. So viel Weichheit ist nicht erlaubt und sollte geahndet werden. Ich fühle mich schuldig, als wollte ich allen Kindern dieser Welt den Vater rauben. Dabei sei ich eines seiner Kinder, sagt er mir. Und wer ist dann meine Mutter? Ihr Blick sucht meinen, ein Ozean tut sich auf, und ich rudere hilflos darin. Kein Wort fällt mir ein, und ich spreche keine Sprache, die sie versteht. Von süßer Milch müßte ich ihr reden, von lila Lippen, die sich um Brustwarzen legen. Von Haut, die sich dehnt und dehnt. Von Schreien und Schmerzen ... Aber ich habe selten schreien müssen in meinem Leben, und Schmerzen habe ich nie gehabt. Dafür liebt er mich. Daß ich so scharf umrissen bin, und man sieht die Sehnen unter meiner Haut. Daß er seinen Schwanz in mich schieben kann, und er spürt ihn bis zuletzt, verliert ihn nicht zwischen all dem weißen Fleisch, und sein Samen ist nur für uns beide da und fließt nicht ins Meer.

So hat er es sich gedacht. Aber ich bin nicht auf seiner Seite. Ich habe mein halbes Leben mit einem Mann verbracht, der nicht wußte, daß eine Frau eine Frau ist und kein Kind. Jetzt ist es genug. Entscheide dich, könnte ich zu ihm sagen. Aber so eine Entscheidung wird es nicht geben. Deine Hüften, sagt er, und fährt über meine Beckenknochen und über meinen Po, der als einziges rund ist und weich. Da denke ich bereits an den Brief, den ich ihm schreiben werde: Eine solche Frau haben, werde ich ihm schreiben, ist ein großes Glück, dein großes Glück. Ein warmer Ofen in kalten Winternächten, ein liebevoll gedeckter Tisch nach einem langen Tag. Und daß es seine Kinder sind, die ich an ihm mag. Wenn seine Stimme in die Tiefe geht und Süßigkeiten hervorkramt, kleine, bonbonklebrige Geschichten.

Mach mir ein Kind, hätte ich ihm sagen können. Aber als es mir einfällt, ist es schon zu spät. In sieben Monaten ist es wieder soweit. Sie ist eine gute Mutter, sagt er, und daß er mit keiner so gerne ins Bett geht wie mit mir.

Ich sehe sie mir an, wie ich mir einen Baum angesehen hätte, der seine Krone unermeßlich hoch in den Himmel streckt, oder eine Höhle mit Kammern und Gängen, von Jahrtausenden gegraben. Ein Überbleibsel, denke ich, und erschauere. »Entschuldigung, das falsche Haus.« Ich gehe den Plattenweg entlang, schließe behutsam die kniehohe Gartentür.

Etwas zu erzählen?

Es läßt sich leben an so einem Tag. Nicht daß mir leicht wäre, das nicht. Ich lebe so dahin. Kein Pulsen um die Herzgegend, Gott sei Dank. Vielmehr ein Strömen, ein zartes Vibrieren in den Armen, die Beine hinab und im Bauch, als wären meine Adern mit Lammfell ausgespannt und die feinen Härchen zausten mein Blut.

Sie ist nicht nach Hause gekommen, gestern nicht und heute auch nicht. Ein Versehen vielleicht, eine Vergeßlichkeit, hatte ich mir gedacht. – Aber natürlich, daß er sie mit seinen jungen Armen um die Taille gefaßt hat und die Feuchtigkeit ihres Mundes durchforscht mit seiner blitzlebendigen Zunge. Da kann es kein Zurück mehr geben für sie zu mir.

Sie ist mir ans Herz gewachsen auf eine Art, die nicht gut war: Nach Reden war mir selten zumute in den letzten Jahren, sie begriff vieles nicht, und ihr Körper bedeutete mir immer weniger in der Zeit. Aber sie mußte um mich sein, ihr Atem die Luft meines Zimmers pflügen, daß mir Gedanken kamen und Worte flossen. Ohne sie bin ich nichts.

Warum soll sie nicht tanzen gehen, hatte ich mir gedacht. Daß so ein luftiges Röckchen ihre Schenkel umspielt und daß sie einmal wieder tief Atem holen kann. Ein wenig Röte um die Wangen und wäre ein Rhythmus in ihr die nächsten Tage, daß auch mir leichter würde ums Herz. So habe ich mir gedacht und ihr freundlich zugenickt. »Ja«, habe ich gesagt, »mach nur. Das wird dir guttun.« Ich war nicht ängstlich. Gar nicht ängstlich bin ich gewesen. Den Abend nicht, und auch noch nicht in der Nacht. Mein Bauch lag warm auf dem Laken, und die Arme hatte ich mir um den Kopf gelegt wie stets. Kaum ein Gedanke an sie. Ein kleines Sehnen vielleicht, ein angenehmes, müheloses.

Gegen Mittag war ich aufgewacht und habe sie nicht gehört. Stille im ganzen Haus, kein Brummen von der Straße her, kein Ziehen im Holz. Sie fehlte, daß mir die Ohren schmerzten, und mein Herz schlug los, daß ich meinte, es würde mir aus der Brust hüpfen.

Daß sie viel Zeit vor dem Spiegel verbracht hätte die letzten Jahre, kann ich nicht sagen. Aber an diesem Abend hat sie sich Mühe gegeben. Ich habe ihr die feine, silberne Kette um den Hals legen müssen. Und tatsächlich habe ich sie in den Nacken geküßt bei dieser Gelegenheit, wie ich es lange nicht getan habe. Sie roch nach Vanille und nach etwas anderem. Ich habe sie nicht gefragt nach was.

Mit allzu beweglichen Hüften ist sie den Weg hinuntergegangen zum Wagen. Warum nur, habe ich mich noch gefragt, hat sie das nötig? Aber dann bin ich ins Haus zurückgegangen. Habe mir Teewasser aufgesetzt und ins Pfeifen des Teekessels hinein mir keine Gedanken mehr gemacht um sie und mich.

Der Hund lag vor dem Kamin wie immer, und wie sollte ich da auf etwas kommen. Tatsächlich in Pantoffelstimmung war ich an diesem Abend und löste die Krawatte und ging nur in Strickjacke und weichen Hosen herum.

Mit mir kann man sich einiges erlauben, habe ich mir gedacht. Ich bin gut zu ihr. Und habe mich an den Schreibtisch gesetzt, die Arme recht weit ausgespannt, und mir ein Blatt Papier bereitgelegt. Als mir nichts aufzuschreiben einfallen wollte, verbrachte ich den Abend in Gemütlichkeit, zog mir ein Buch, ein dickes, staubiges, aus dem Regal und legte mich im Sessel zurecht.

Was hätte ich dort verloren gehabt? Das harte Umta-umta des Schlagzeugs würde mir noch nächtelang den Schlaf geraubt haben, und zuckende Lichter haben mir nie etwas bedeutet. Ihr würden sie in die Glieder fahren, und das war gut so. Daß ihre Muskeln sich spannen und entspannen könnten und ihr Atem ein und aus führe, ein und aus. Hell würde sie sein, wenn sie zurückkäme und leicht, und ihr Lachen würde meinem Zimmer eine andere Tönung geben.

Ich habe sie wenig gefragt, die letzten Jahre, und sie hat mir nichts gesagt. So ist das, wenn die Herzen im Gleichklang schlagen, hatte ich mir gedacht. Worte braucht, wer eine andere Sprache nicht zu sprechen versteht. Sanft war sie, wie sie es manchmal ist, daß ich nichts gespürt habe und habe mir mein Teil nicht gedacht. Allerlei Konserven hat sie eingekauft in den letzten Wochen, und Öl wurde geliefert und Kohle. »Daß du es warm hast.« Und daß sie mir Kleinigkeiten erklären wollte, die ich bisher niemals wissen mußte. Warum? habe ich gefragt. Darum, hat sie gesagt. Vielleicht daß da schon ein Tanzen in ihr war auch ohne jenes zuckende Licht und ein Rhythmus ganz ohne Schlagzeug.

Ich werde mir keine Fragen mehr stellen. Mit Fragen helfe ich mir wenig. Und daß sie das Auto nicht heimlich gegen Abend abgestellt hat vor dem Haus, läßt mich hoffen. Ich stehe am Fenster, sehe in das graue Licht hinaus. Müde werde ich, daß mir die Lider manches Mal über die Augen gleiten wollen. Aber dann regt sich etwas dort, wo der Wald beginnt, oder es zuckt ein Schatten über die Straße. Wenn sie käme, ich würde ihr aufmachen, den Autoschlüssel ihr vom Ringfinger ziehen und ihn zurücklegen dorthin, wo er immer liegt. Ich würde sie um die Taille fassen und ins Eßzimmer führen. Dann würde ich eine Kerze anzünden oder zwei, die Stehlampe schwach im Hintergrund. Etwas zu erzählen? würde ich sagen.

Was er sieht

Ich verändere mich, das ist es, was er sieht. Meine Gelenke krachen und knacken wie im Frühling und mein Haar schimmert. So sieht er mich und verlangt nach mir, als sei ich ein unvorhergesehenes Ereignis. Und als hätte ich nicht neben ihm all die Jahre, die Hand auf seinem Knie und den Blick auf seinen Lippen, die Geburt jedes Wortes mit Ernst verfolgend, als hätte ich nicht neben ihm gesessen all die Jahre.

Ein Feuer habe ich in ihm angerichtet, sagt er mir. Ein Feuer, und ich sehe es schäumen in seinen Augen und bluten. Nicht genug, daß er mir Anträge macht, er hält sich fest an mir. Stark bin ich geworden, und auf seiner Stirn schwellen die Adern.

Sonne, ich kann über ihn hinwegsehen, leichte Wölkchen säumen den Himmel, und sein Atem bringt mein Haar nicht mehr durcheinander. Mein Kiefer schiebt sich vor, wie bei allen gesunden Tieren, Zähne weiß wie frischgefallener Schnee. Und mein Herz pocht und pocht und atmet frisches Blut.

Ein Abschied

Was hat er ihr getan? Nichts hat er ihr getan und doch verläßt sie ihn. Sie werden reden. Gut hat sie es gehabt bei ihm, oder nicht? Mit Gedichten soll er sie überschüttet haben, in denen er Sonne und Mond und allerhand zauberhaftes Getüm um sie gruppierte. Allmorgendlich eines neben ihrem Kopfkissen, wenn sie erwachte, und »Mach dir einen schönen Tag«. Sie hat sich viele schöne Tage gemacht. In rosiger Morgendämmerung durch die Straßen wandern, keinen kennen, jeden grüßen, nichts zu tun haben, als in ein Café zu gehen und, die Morgenzeitung auf den Knien, einem Brötchen ins weiße Fleisch zu fahren. Und Butter und Honig darüberzulegen in sanften, trägen Strichen. Honigsüß waren diese Tage gewesen. Und wenn er sie fragte. Ja, glücklich war sie gewesen, ja, fast hat sie ihn geliebt. Sein weiches, zerfließendes Gesicht, die Haarzunge, die über seine Glatze weg in die Stirn vorstieß. Seine Hände, seine Finger gefüllt mit warmem, gutem Blut, mit vorwitzigen Härchen darauf, die in alle Richtungen strebten. Abends manchmal hätte sie die gegen den Strich streicheln mögen, so ein leichtes, zielloses Streicheln. Nur hätte er eine solche Berührung falsch verstanden, wie er jede Berührung falsch verstand, und wäre zu Boden gegangen, hätte sich wie ein Hund zu ihren Füßen auf den Bauch gerollt, ein Hummelbrummen aus der Kehle heraus, und sie hätte ihm ins Brusthaar fahren müssen, über die kümmerlich steifen Brustwarzen und über den Bauchnabel hin, bis der Speichel ihm aus dem Mund und rechts oder links die Wange hinuntergelaufen wäre. Er hätte ihre Hand geführt: Da, hier. Feucht wäre es dort unten gewesen, tropisch feucht. Und sie hätte nicht nachlassen dürfen, bis er rot im Gesicht sich schwer atmend zur Seite hätte fallen lassen, verlegen die Augen vor ihr verbergend. Dann wäre sie aufgestanden, die Pupillen sehr klein, hätte mit den Ellbogen die Klinke heruntergedrückt, und wäre dem golden gekachelten Bad schon ein gutes Stück näher gewesen.

Das wird sich rächen, werden sie sagen. So einen zu verlassen. Und vermutlich haben sie recht. Aber die Morgenröte über den Bergen ist nicht genug, und der Weg nicht entlang der Rosenbeete. Und wie sie auch beben und sich bauschen mögen, die seidigen Vorhänge in ihrem Zimmer oder das milde Licht ihre Haut liebkosen mag. Es ist zu Ende. Er trägt ihr den Koffer zur Straßenbahn. »Liebste«, sagt er und seine Augen sind klein und rot. Ein behutsamer Abschied ist es. Daß er nicht schreiben wird, sagt er ihr, und sie küßt ihn auf die Stirne und ein wenig auch auf den Mund. Und klappt ihm den Mantelkragen hoch. Dann fährt sie in den Abend, Hände im Schoß, und daß er kleiner wird hinter ihr, immer kleiner, weiß sie, ohne sich umzusehen.

Es ist eines nicht wie das andre

Natürlich wird sie ihn nicht vergessen – wer würde einen solchen Mann vergessen? Und will es auch nicht. Sie erinnert sich gerne. In Schatzkisten und Kästchen wird sie seine Traurigkeit bewahren und seine Blicke unter zärtlichen Wimpern hervor. Kindern und Kindeskindern wird sie von ihm berichten, von seinem stolzen Gang und seinen unzähligen Gesichtern: Da gab es einmal einen, wird sie sagen, *so* groß war er und *so* schön, er hätte euch gefallen. Sie wird mit Armen und Fingern erzählen, das kann sie gut. Längst hat sie gelernt zu gehen wie er und beim Sprechen reißt sie die linke Augenbraue hoch.

Er muß verstehen. Die Welt ist nicht umsonst rund, und es wachsen Menschen auf allen Kontinenten. Von Blüte zu Blüte und von Haus zu Haus muß sie ziehen, er würde es nicht anders machen. Lernen und sich Kostbarkeiten aus dem Unrat klauben: Augenblicke, und eine Hand an der Klinke, die klein ist und weiß. Seid so lieb, ein Glas Wasser, dann spreche ich weiter. Was wäre, wenn sie zu liegen käme auf einer Bahre und sie in die großen, hungrigen Kinderaugen nichts hineinerzählen könnte? So aus einer Welt gehen mit rein gar nichts auf der Hand, das wünscht sie ihm nicht und sich nicht. In einem Zelt sitzen, vom Sandsturm umtost, und einen Samen legen in so ein kindliches Herz, was kann es Schöneres geben? Und bitte, soll er doch später einmal vorbeikommen. Weihrauch und Myrrhe im Handgepäck und vielleicht einen Stern, das würde ihr gefallen.

Sag nichts. Sie verschließt ihm die Lippen mit dem Mund. »Mein Lieber, du wirst mein Liebster bleiben!« Er hat so süße Lippen, so lebendige Lippen. Fast möchte sie – Aber, nein. Adieu zu sagen ist nie leicht, und wußte sie es nicht? »Gib mir deine Hand!« Sie liest ihm ein Leben aus seiner Liebeslinie, daß ihm die Tränen in die Augen treten, mehr kann sie nicht für ihn tun.

Es ist Zeit. Ihr Bündel ist gepackt. Vor dem Haus fährt ein Wagen vor. Wie soll sie ihn jetzt umarmen, sie hat keine Hand mehr frei. Ist es der? fragt er und schaut aus dem Fenster. Einer, sagt sie. Nicht schöner als du, nicht klüger, und was er erzählt ist nicht wichtig. Nur dieser Ton, diese Stimme süß und rauh, und wenn er geht, trägt er die Last der Welt auf seinen Schultern.

Einmal so gehen. Sie wird es lernen. Und daß er keine Lippen hat und kein Ohr für sie, es wird ein nächster kommen und ein nächster.

Einen Sandsturm wünscht sie sich, als sie geht, und hört schon das Sausen und Brausen.

Zweimal war sie sich sicher

Ihr Herz will untergebracht sein. Das spürt sie deutlich. Es wirft sich hierhin und dorthin und findet keinen Ort. Ein Mann ist ein Mann. Das ist anders als früher. Sie hatte es lange verlernt. Da war einer, und sie dachte, das ist er. Diese rastlose Suche. Da passiert es, daß sie sich irrt. Sie verliert sich. Sie küßt einen Mund, als wäre es der einzige. Bitte, sagt sie, bleib bei mir. Ihr Körper trifft die Entscheidung. Sie hat keine Meinung mehr. Es müßte ihr eine Lehre sein. Daß sie anklopft und anklopft, und man öffnet ihr nicht mehr. Wenn sie leise ist, hört sie keiner, und also ist sie laut. Der eine wendet sich ab. Sie bemerkt es nicht. Sie tastet im Dunkeln, ihre Finger sind blind. Sie findet keinen Halt.

Zweimal war sie sich sicher. Es war etwas wie Liebe. Daß sie eine brüchige Stimme bekam und ihr die Knie weich wurden, wie es sein soll. Dazu brauchte es nicht viel.

Sie vergibt, was ihr teuer ist. Sie ist wie Wasser und Tang, daß sie keiner gern haben kann. Wer sich verlieren will, sucht sich eine andere, sie kann hart sein. Ihre Stimme gibt in nichts nach. Manchmal weint sie. Sie hat keine Worte dafür. Es ist etwas wie Liebe, das sie sucht, und ihrem Herzen einen Ort. Sie gibt sich auf. Es ist fast zu spät.

Schwimmen

Manchmal möchte sie einen, der sich gut anfühlt und nett ausschaut. Einen, mit dem sie nicht viel reden muß. Der selber genug zu erzählen hat, daß es auf sie nicht ankommt. Dunkelblond könnte er sein mit kurzen, verwirrten Haaren. Helle, blaue Augen könnte er haben, blau wie der Himmel über der Wiese, auf der sie liegen. Und sie wären zusammen, wie sie alleine nicht sein kann: sommerlich braungebrannt, und das Gras fühlte sich kühl an unter ihren nackten Beinen.

Sport wäre ein Thema zwischen ihnen, Volleyball spielen auf Sand in der Dämmerung und Schwimmen, immer wieder Schwimmen.

Ein Mann und eine Frau

Ich sitze in der U-Bahn, und da ist er, der poetische Moment, und keiner hält die Fäden in der Hand und dirigiert die Schatten, und keine Filmmusik, nur ein leises Gemurmel. Ich schaue und denke: aufschreiben, alles schnell aufschreiben, das gespensterzart gespiegelte Gesicht im dunklen Fenster, das schnelle Breit und Weit der Lippen, ein Stummfilmmund, ein trauriger Stummfilmmund, und dann dieses Leuchten und Aufgehen des Gesichts – der Konversation, die es betreibt, hinterher. Alles schnell aufschreiben. Nur wohin damit? Was will ich mit dem Mund und auf welche Pointe hinaus? Ich müßte sie anlegen, schon im ersten Satz, daß ich mich entspannt zurücklehnen könnte und wüßte, darauf reihst du deine Perlen, und wüßte, jede Perle ist gut untergebracht auf dem Faden, der zur Pointe führt. Welche Pointe? Vielleicht eine Moral der Geschichte. Vielleicht etwas über dieses bebrillte, breite, biedere Gesicht. Ein Paukenschlag, so ein »bieder«, und kein Faden, auf den ich etwas fädeln möchte. Aber vielleicht das Gegenüber im roten, wattierten Anorak. Eine Frau, sage ich mir, das ist gut. Da habe ich dann einen Mann und eine Frau, und damit läßt sich etwas machen. Nur nicht diese Schneise beschreiben zwischen den allgemeinen Köpfen, darin das Gesicht hängt und der rote Farbfleck-Rücken der Frau. Und dann das Verhältnis des Rückens zum konversierenden Gesicht und zu der Schneise. Ein ideal ausgewogenes Verhältnis, daß man denkt, dieser Tupfen roter Farbe zwischen all den abgewandten Köpfen, und dann dieses Aufleuchten und Erkalten des Gesichts. Dahinter muß eine Poetik stecken, eine, hinter die ich nicht komme. Und da liegen der Faden und die Pointe verborgen. Dieser Rücken, so viel breiter und bunter als das Gesicht, das doch die Hauptperson ist, und wächst wie ein Berg in die Schneise. Und wie muß man die Lippen beschreiben, kein Breit und Weit. Vielmehr ein Schmal und Verhalten, bezogen auf das Kinn und den durchscheinenden Hemdkragen. Und sich jetzt nicht mit Spott da herausretten und keine Überheblichkeit gegen das Gesicht, einzig eine Bekümmerung sollte sich mitteilen, die im Verhältnis von Kinn und Hemdkragen begründet liegt. Da hätte ich viel zu tun, das alles aufzuschreiben, und habe auch kein Koordinatensystem zur Hand, die dünnen grauen Haare darin einzuschlagen und den bleichen Scheitel. So ein kleinteiliges Stürzen von links und rechts wäre mir lieb, stürzen und sich stützen und sich beziehen, bis alles schließlich so fest verbacken ist, daß ich Scheiben davon abschneiden könnte. Aber bin ich ein Maler und kenne mich aus mit Farben und Verhältnissen? Und so verlasse ich den Text und entziehe mich dem poetischen Augenblick, drehe mich um und suche nach dem Mann aus Fleisch und Blut, der ein paar Meter entfernt sitzen muß; und will seinem Gegenüber, dem reglosen, roten Berg, der Frau, doch einmal ins Gesicht sehen. Ich drehe und wende mich. Kein Mann, keine Frau! Ein kurzes Entzücken und Erschauern: es wird eine Erscheinung gewesen sein. Aber nein, aber natürlich, da sitzt er ja, und auch die Frau, und beide ungespiegelt.

Marlene Streeruwitz
Majakowskiring.
Erzählung
Band 2396

Leonore sitzt im Bungalow der Grotewohl-Villa. Im ehemaligen Gästehaus des Schriftstellerverbandes der DDR haben "Freunde der DDR" hier, mitten in Pankow, gewohnt. Die Gegend ist wie verödet, die Metropole sonderbar weit weg. Scheue Rentner wohnen hier, hin und wieder wird ein Hund spazieren geführt. Die im Gästehaus seit zwanzig Jahren arbeitende Putzfrau, die immer noch jeden Tag die Mülltonnen durchsucht, weiß Geschichten zu erzählen. »Die Spuren der DDR würden verschwinden. Als hätte es sie nicht gegeben. Auch hier nicht. Als hätte sich hier nie jemand angestrengt, einen Salon einzurichten. Es ist genau so toll zu haben wie im Westen. Oder toller. Der Versuch, die Schrankwand ebenso gut zu machen, war umsonst gewesen. (...) Es war ein Wartezimmer. Dieser Salon im Gästehaus. Orangebraunbeige gestreifte Sessel. Für sie war es richtig, in einem Wartezimmer gelandet zu sein.

In einem Wartezimmer, das auf Abbruch wartete ...«

Fischer Taschenbuch Verlag

Klaus Böldl
Studie in Kristallbildung
Roman
Band 2389

Johannes Grahn flieht vor seiner Vergangenheit nach Ostgrönland und arbeitet dort als Hotelchauffeur. Als ein Gast aus Österreich in dem Hotel absteigt, stellt sich heraus, daß beide eine gemeinsame Bekannte hatten: eine junge Frau, die, kurz nachdem sie mit Grahn eine Affäre hatte, bei einem Unfall umkam. Wenig später stirbt ein Eskimomädchen – wieder war Grahn in der Nähe des Unfallorts.

»Klaus Böldls erster Roman überzeugt durch seine glasklare, geschliffene Sprache und mit Aperçus, die glitzern und funkeln wie die Eiskristalle der Geschichte selbst. *Studie in Kristallbildung* ist das außergewöhnliche Debüt eines versierten Erzählers.«

Michael Bauer, *Süddeutsche Zeitung*

»...ein genauer Beobachter, ein großer Komiker, eine große Begabung.« Hellmut Karasek im *Literarischen Quartett*

Fischer Taschenbuch Verlag

Judith Hermann
Sommerhaus, später
Erzählungen
Band 2394

Zwei Frauen, die auf einer Insel ein Spiel spielen, das »sich so ein Leben vorstellen« heißt. Ein Premierenfest, das ein unerwartetes, frühmorgendliches Ende in der Wohnung des Regisseurs findet. Ein Mann, der in seinem Sommerhaus an der Oder Besuch erhält und an seine Vergangenheit erinnert wird, die er nicht mehr kennen will. Judith Hermanns Figuren inszenieren sich ihr Leben, sie lassen sich nur passiv oder als Zuschauer, nur spielerisch in »Lebensläufe« ziehen. Es ist ihr Gespür für die Zwischentöne und die subtilen Unaufrichtigkeiten der Gegenwart, das ihre Geschichten so eindrucksvoll macht.

Die Gedanken der Helden und Heldinnen kreisen immer wieder um dieselben Themen: um Liebe und Vergänglichkeit und die Angst vor dem ungelebten, dem verhinderten Leben. Die Enkelin, die von ihrer ans Bett gefesselten Großmutter erzählt, der alte Mann, der in einer New Yorker Absteige einer jungen Reisenden begegnet – sie spüren, wie die Zeit an ihnen vorübergezogen ist. Alle aber ahnen, daß sich ihr Leben nicht in der Gegenwart, sondern in der Erinnerung und in der Vorstellung zuträgt, daß Liebe und Vergänglichkeit letztlich zwei Worte für dasselbe sind.

Fischer Taschenbuch Verlag